비토샤를 날다

나의 사람들과 자연,

지나 온 시간들이

박사가 되는 길에 함께 했고

나는 나의 꿈을 이룰 수가 있었다.

CONTENTS

하늘 길로 하루의 절반을 날아가 도착한 먼 나라 불가리아. 나는 그곳에서 내 꿈을 이루기 위해 5년을 살았고, 그 꿈을 이루고 다시 한국으로 돌아왔다. 그리고 그 특별한 여정 길에는 나의 선생님과 친구들, 그리고 우리 가족이 함께 있었다. 이곳으로 돌아온 후 우리 외할머니는 내가 불가리아에서 지냈던 그 시간들을 책으로 쓰길 원하셨고 유언으로 남기셨다. 그러나 책을 쓸 때만 해도 할머니가 나에게 남기려 했던 소중한 것들을 미처 깨닫지 못했다.

박사 학위를 받아 들고 한국으로 돌아온 몇 년간, 나는 대학교수가 되고자 임용 시험에만 매달려 살았다. 그리고 성과 없는 결과들이 쌓여갈 때마다 내 가족을 힘들게 할 만큼 날이

선 모습으로 그들을 대했다. 그러던 어느 날, 쓰다 만 이 책의 원고를 다시 들여다보게 되었고 하나하나 읽고 수정하는 과정에서 보물 같은 나의 사람들과 자연, 지나온 순간들을 만나게 되었다.

이 책을 쓰기 전에는 내 주변 사람들에 대해 특별히 또 곰곰이 그들을 생각해 본 적이 없었다. 그냥 내 가족으로, 내 친구로, 지인으로, 선생님으로 모두가 손을 뻗으면 항상 그 자리에 있을 거라고만 생각했다. 그러나 이 책을 오랜 시간 써 내려가면서 그들을 하나하나 떠올려보기도 하고 그들과 보냈던 시간들을 뒤돌아보면서 가슴 속 깊은 곳에서 감사와 미안함, 그리고 후회가 미어터지게 목구멍까지 올라오는 것을 느꼈다.

내 자신이 무엇이 되었든 그렇지 않든 항상 그들은 나에게 존중과 지지를 보내 주었다. 그것이 나에게 얼마나 큰 힘이 되었는지 더 늦기 전에 알게 되어 정말 다행이라고 생각한다. 그리고 이 책을 통해 나의 소중한 유산들을 지키게 되어 더 없이 기쁘다.

나의 사람들과 지나간 나의 시간들 그리고 자연에 감사하는 마음과 더불어 그들처럼 내가 선하게 건강하게 살아가는 것이 그들과의 의리를 지키는 것이 아닌가 생각해 본다.

길 떠 나 기

·

불가리아 행
짐 보따리

2002년은 꽤나 무더운 여름이었다. 그해, 우리나라에서는 월드컵 축구경기가 처음으로 열렸고, 우리 대표팀이 피라미드의 꼭대기를 향해 한 계단씩 올라설 때마다 사람들은 흥분을 넘어 미쳐가는 듯 보였다. 그러나 나는 마음을 가라앉히고 유학 준비에만 정신을 쏟아야 했다. 너무나도 간절하게 기다려왔던 시간이었기 때문이다. 그런 나와는 달리, 남편은 언제 구입했는지 불룩한 불가리아 행 짐 보따리에 붉은 색 티셔츠 몇 장을 쑤셔 넣었다. 그렇게 나의 유학길은 시작되었다.

고등학교 1학년 때, 관악부에서 플루트를 배우고 있던 친구를 따라 그곳 구경을 가게 되었고 음악 선생님으로부터 엉겁결에 건네받았던 클라리넷은 내 인생의 한 부분이 되었다.

고등학교 2학년에 막 올라가면서 KBS교향악단 수석이었던 김현곤 선생님께 정식으로 클라리넷 수업을 받게 되었다. 그리고 얼마 후, 운 좋게 한국에 온 베를린 필하모니 오케스트라 클라리넷 수석 주자였던 칼 라이스터를 만나게 되었다.

지금 서울은 물론이고 대한민국 그 어디를 가더라도 우리는 외국인과 쉽게 마주칠 수가 있다. 그러나 80년대에는 지금과 사정이 많이 달랐다. 서울 시내 한복판에 있는 큰 호텔 주변이나 고궁을 가지 않는 이상 특별히 외국인을 볼 수 있는 일은 없었다. 그 당시 텔레비전에서만 보았던 외국인을 가까이 보는 것도 신기한 일이었지만 음반 겉표지에서 보았던 그 유명 연주자를 직접 만난다는 것은 꿈과 현실을 되짚어 보게 만드는 일이었다.

　유창한 독일 말과 빈틈없는 클라리넷 소리는 어릴 적 할머니가 손에 쥐어 주셨던 화한 박하사탕의 첫 맛처럼, 나에게 또 다른 세계로 다가왔다. 그날의 소리와 장면들은 내 인생에 길게도 여운을 남겼다.

　그날 이후, 이런 저런 생각들이 클라리넷 소리와 함께 머릿속을 꽉 채워 갔고 유학이란 꿈이 시작되었던 것 같다. 클라리넷을 불면 불수록 그 꿈들이 손에 잡힐 것처럼 느껴졌고, 강한 믿음까지 생겨나게 되었다. 그렇게 유학은 학창 시절 최고의 목표가 되었다. 그러나 나의 꿈을 실현하기까지는 많은 시간이 걸렸다.

　대학 4학년, 가을에 나는 결혼을 했다. 그리고 겨울이 오기 전 생사를 오갔던 남편의 교통사고와 더불어 유학의 꿈을 묻어 두어야만 했다.

　컴컴한 밤이 되어 병원을 등지고 내려가다 만났던 수많은 밤하늘 냉하고도 투명했던 그곳을, 어느 날 우리는 무사히 빠져나왔다.

　'시간이 약이다'란 말처럼 사고의 상처는 아물어 갔고, 기다리던 아기도 태어났다. 끝도 없이 이어질 것만 같았던 시간 속에 머물러 있었지만, 나는 고집스럽게도 내 꿈을 단 한 번도 내려놓은 적이 없다. 그리고 어느 날, 나는 오래 전에 묻어 두었던 나의 꿈을 다시 꺼내 놓았다.

유학을 보내달라는 말에 남편은 한동안 대답 없는 등만 보여 줄 뿐이었다. 그러나 남편의 가슴 한 자락에도 내 꿈이 자리하고 있었는지, 결국엔 유학을 허락해 주었다.

길고 긴 시간을 기다리며 간절하게 소원했던 일이었다. 그러나 기쁨의 달콤함은 번개처럼 번쩍하고 사라졌다. 주위를 돌아보니 나는 학생이 아닌 주부이며 엄마가 그리고 선생님이 되어 있었다.

모든 것들을 놓고 새로운 시작을 한다는 것에 대해, 나는 잠시 망설여야 했다. 그러나 내가 절실하게 원했던 것을 가족들은 오랜 시간 지켜봐 왔기에 어떠한 망설임도 없이 나의 선택을 지지해 주었다. 그것은 내게 가장 큰 힘이 되었고 이런저런 계산은 뒤로하고 유학을 떠나기로 결심했다.

독일에서 유학 중인 피아노과 후배를 통해 네덜란드에 있는 음악학교를 추천 받았지만, 나이 제한과 가족 비자가 걸림돌이 되었다. 그러나 그 순간 떠나지 않으면 다시는 기회가 올 것 같지 않았다. 우리는 암스테르담 행 비행기 표를 무작정 구입했다.

그 전까지 모교에서 시간 강사를 지냈던 나는 유학이 결정되고 난 뒤 남편과 함께 모교 교수님께 인사를 드리러 갔다. 그러나 교수님은 아무런 정보도 없는 네덜란드보다는 당신도 잘 아는 불가리아를 적극 추천해 주셨고, 그곳에 있는 제자에게 전화도 해 주셨다. 가장 걱정했던 가족 체류나 나이 제한이 그곳에서는 큰 문제가 되지 않는다는 희망적인 말에 우리는 망설일 이유가 없었다.

집으로 돌아온 우리는 불가리아로 유학을 변경하였고 본적은 없지만 교수님의 제자가 그곳에 있다는 말에 작은 안도감을 갖게 되었다.

또 다른 시작에 대한 기대감으로 나는 마치 무대 뒤에 선 연주자처럼 긴장된 마음으로 드디어 불가리아 행 비행기에 오르게 되었다.

•

떴다, 떴다
비행기

독일을 거쳐 불가리아의 수도인 소피아에 안착하는 행로를 정하고 2002년 6월 27일, 우리 가족은 독일 행 비행기에 몸을 실었다. 비행은 서울에 남겨 둔 가족들 생각으로 짧게만 느껴졌다.

우리는 독일에서 1박을 하고 다음날 불가리아 행 비행기를 탔다. 전날과는 달리 작은 꼬마 비행기 안의 통로는 사람들과 짐 보따리로 뒤엉겨 있었다. 내 딸, 콩여시를 안은 나는 이리저리 사람들에 의해 안쪽으로 떠밀려 들어갔다. 미지근한 에어컨 바람과 사람들의 땀 냄새가 뒤엉켜 울렁증이 날것만 같았다.

창가와 통로 쪽 좌석에는 벌써부터 덩치 큰 외국인 아저씨들이 자리를 잡고 앉아 있었다. 방학과 휴가철이 겹쳐, 우리 가족은 군데군데 찢어져 앉게 되었다.

잠시 후 두 시간 반이면 소피아에 도착한다는 안내 방송이 들려왔다. 어제의 비행시간에 비하면 잠깐 졸면 그럭저럭 시간이 되겠다 싶어 나는 위로가 되었다. 그러나 그날의 그 짧은 비행은 숨이 턱에 찰 정도로 나에게는 고통스러운 비행이었다.

유학을 마치고 서울로 돌아올 때쯤 소피아에 최신식 공항이 들어섰고, 우리는 그 공항을 이용해 서울로 돌아왔다. 그러나 우리가 도착했던 그해에는, 낡고 작은 공항이 우리를 맞아주었다.

우리가 탄 비행기는 어느 순간 휘청거리며 건조한 활주로에 내려앉았다. 오래 전에 아팠던 귀가 다시 울렁거리기 시작했다. 아마도 소피아가 높은 곳에 위치한 이유인 듯싶었다. 사람들의 박수 소리가 간간히 들려왔다. 짧고도 긴 비행이 드디어 끝이 났다.

비행기 트랙에서 내려다보이는 공항은 이글거리며 올라오는 아스팔트의 열기로 가물거렸다. 잠시 후 우리는 널찍한 공항버스에 지친 숨을 토해내며 올라탔다. 버스가 서서히 움직이고 활주로를 달리던 바람들이 버스 안으로 빨려 들어왔다. 창밖으로 우리가 타고 온 비행기가 빈 깡통처럼 멀어져 갔다.

버스는 잠시 후, 어느 지방의 시외버스 터미널을 연상케 하는 아담한 공항 문턱에 멈춰 섰다. 푸식 픽 버스의 자동문이 길게도 소리를 품어대며 열렸다. 순간 사람들은 짐 보따리들을 휘감고 잽싸게 버스를 빠져나갔다. 그리고는 입국 심사대를 중심으로 문어발처럼 흐느적거리는 줄을 줄줄이 만들어 댔다. 침침한 형광등 불빛 아래, 사람들은 마치 서바이벌 게임이라도 막 끝내고 나온 것처럼 지치고 헝클어진 모습으로 서성거렸다. 입국 심사대에서 공항 직원들이 냉랭한 감시의 눈초리로 첫 인사를 건넸다.

짧은 숨을 몰아쉬기도 전에 눈에 들어 온 허술한 공항 밖의 모습은 무더운 찜통더위와 함께 시멘트 바닥에 흐느적거렸다. 낡고 허름한 택시들이 병든 노랑 병아리들처럼 줄지어 있었고 그 곁에 건들거리며 서 있던 기사들은 쏟아져 나오는 사람들과 눈을 마주치려 애 쓰고 있었다.

요란스럽게도 뒤뚱거리며 딸려 오던, 배부른 짐 가방을 힘겹게 끌고 우리는 주차장으로 향했다. '내 눈 탓일까? 아니면 기대감 때문일까?' 모든 것이 너무도 낯설기만 했다.

우리를 태운 자동차는 공항을 빠져나와 불가리아의 우리 집으로 달려갔다. 창밖 풍경들이 나와는 상관없는 어느 영화 속의 장면들처럼 지나갔다. 중앙선도 없이 울퉁불퉁 움푹 팬 아스팔트 길, 그 위를 알아서 달려가는 낡은 소련식 자동차들, 어쩌다 그 사이를 쌩하고 스쳐가는 시커먼 벤츠, 신호등을 기다리는 차들로 벌떼처럼 몰려든 집시 아이들의 표정 없는 얼굴들… 그날의 거리 풍경은 내 안의 기대감을 꺾은 채, 한국에 두고 온 가족들을 그립게 만들었다.

우리 집

우리 가족을 태운 자동차는 공항을 빠져나와 후배가 미리 구해 놓은 아파트 앞에 도착했다. 아파트라기보다는 상가가 딸린 빌라 같았다. 맨 아래층에 아담한 카페가 제일 먼저 눈에 들어 왔다. 문 앞에는 앙증맞은 둥근 탁자 두 서너 개가 놓여 있었다. 그 옆으로 분홍 불빛이 수줍게 새어 나오던 미용실과 생활용품들이 쇼윈도 안에 듬성듬성 놓여 있던 작은 상점들이 나란히 붙어 있었다.

　마당을 끼고 있던 차고 안에는 이상한 문구점도 숨어 있었다. 베란다 난간에 기대어 고개를 쭉 빼고 내려다보면 간판도 없던 그 문구점을, 사람들은 잘도 찾아 들락거렸다. 나 역시 그 문구점을 이용하던 단골손님이었지만 빈약한 가판대는 구매욕을 자극하기에는 늘 역부족인 것 같았다.

　우리 집은 4층에 있었다. 그곳의 아파트는 한국과는 달리 집집마다 현관문이 다양했고, 그것만으로도 사람들의 경제 사정을 대강은 짐작할 수 있었다.

　그들 모두가 공동으로 사용하던 희한한 엘리베이터는 구석진 곳에 외면당한 듯 처박혀 있었다. 그 안은 마치 히치콕 감독의 공포영화에서나 볼 만한 불빛으로 흐려져 있었고, 칙칙한 전등은 뚜껑이 벗겨진 채 그 곳의 어둠을 희석시키고 있었다. 서너 사람만 들어차도 저절로 차려 자세가 나오는 곳이었다. 문에 달린 손잡이를 힘겹게 잡아당기고 불룩 튀어나온 하얀 단추를 쿡 누르면, 웡 기계 돌아가는 소리와 함께 엘리베이터는 무겁게 움직였다. 그리고는 건물 속의 너덜거리는 벽들이 코앞에서 거칠게 지나갔다. 무엇이든 걸려들기만 하면 휙 낚아채 어두운 벽 속으로 물고 사라질 것처럼 보였다.

유학 5년 동안, 우리는 그 집에서 거의 반을 살았다. 그러나 아기 곰처럼 뒤뚱대며 걷던 애기 콩여시가 행여 그곳의 괴물들과 만나기라도 할까, 나는 몸서리를 치며 남편과 콩여시에게 늘 주의를 넘어선 잔소리를 퍼부었다.

우리 집의 현관문에는 고물상에서 굴러다닐 만한 열쇠 구멍이 바깥문과 안쪽 문에 두서없이 여러 개가 박혀 있었다. 문고리만 봐도 빌려 주는 집이라는 것을 금세 알아차릴 수 있었다. 반면 우리 앞집은 최신식 자물쇠를 장착한 고급스러운 현관문과 묵직한 강철 덧문이 버티고 있었다. 그러나 우리가 그 집을 떠나기 전, 그 최신식 자물쇠와 강철 덧문은 도둑의 손에 의해 쉽게 열려버렸다.

우리는 한동안 현관 열쇠를 빨리 여는 연습을 해야 했다. 일정 시간이 지나 버리면 경보를 해제하기도 전에 동네가 떠나가라 사이렌 소리가 빽빽 울려댔고, 경비 업체 직원들이 득달같이 달려왔다. 그 소리는 진땀이 날 정도로 우악스러웠다.

그곳은 상점이나 집들 대부분이 이중문으로 되어 있었고

경보 장치도 부착되어 있었다. 자동차도 예외는 아니었다. 초여름의 문턱에 접어들면 재미나는 풍경이 벌어졌다. 아기 주먹만 한 우박들이 하늘에서 마구 던져 졌고, 그 덩이에 실컷 얻어터진 자동차의 비명 소리로 도시는 전쟁터가 되어 버렸다.

닥지닥지 붙어 있는 열쇠 구멍을 열고 집 안으로 들어서니 얌전히 가라앉아 있던 묵은 먼지와 회벽 냄새가 우리들의 방문으로 일렁거렸다. 한낮에 도착했다는 것을 잊어버릴 정도로 어둡고 긴 복도가 제일 먼저 우리를 맞아 주었다. 그 복도를 따라 두 개의 방과 화장실 그리고 부엌과 거실이 참 낯설게도 나란히 줄지어 있었다.

안으로 꼭 다문 창문과 베란다 문이 오랫동안 누군가를 기다린 흔적만 보일 뿐이었다. 싸구려 금속 손잡이를 힘껏 밑으로 잡아당기자 쩍 하고 뭔가 심하게 떨어져 나가는 소리와 함께 문이 열렸다. 오래 전에 칠을 먹인 문짝에서 순간 누런 페인트 부스러기들이 떡가루처럼 발등 위로 우수수 떨어져 내렸다.

베란다는 긴 복도처럼 두 개의 방과 부엌 그리고 거실의 문들과 모두 연결되어 있었다. 어린 콩어시와 온 집안을 뺑뺑 질치며 잡기 놀이를 하기에는 그만한 놀이터가 없는 듯 보였다. 그러나 베란다 창으로 펼쳐진 바깥 풍경은 슬금슬금 차오르던 낯설음이나 불안감을 수그러들게 만들 만큼 아주 근사한 곳이었다. 소피아 시내가 파노라마처럼 한눈에 들어왔다. 멀리 시내 가장자리에는 금빛 돔을 얹어 쓴 눈부신 알렉산드르 네프스키 성당이 왕 보석처럼 박혀 있었다. 나지막한 시내의 정경을 따라 왼쪽으로 눈을 돌리면 여름에도 하얀 눈을 이고 서 있던 거대한 산, 비토샤가 마주하고 있었다. 우리들은 비행의 긴장감과 피곤함을 잠시 놓고 그곳에 머물렀다.

짐 가방들이 집 먼지 위에 쓰러져 거실 한가운데 널려 있었다. 나는 얼른 걸레를 만들어 청소를 시작했다. 그곳에 딸려 있던 가구들은 세월과 묵은 먼지에 절어 있었다. 쓸고 닦고 몇 차례의 걸레질이 끝나자 집안이 조금은 선명해졌다.

서울에서 가져온 짐 가방들이 한껏 입을 벌리자, 바리바리 구겨 넣었던 옷가지며 생필품들이 마구 쏟아져 나왔다. 그리고 그 사이로 고추장과 된장 통이 제일 먼저 눈에 들어 왔다. 오랜 비행 탓에 고추장 통이 부글부글 속을 끓였는지, 옆구리가 살짝 터져 싸고 있던 비닐봉지가 벌겋게 니글거렸다.

부엌에는 호텔에나 있음직한 반 토막짜리 냉장고와 드럼 세탁기가 나란하게 키를 맞추고 마주하고 있었다. 한국에서 가져온 양념과 엄마가 챙겨 주신 홍삼을 넣고 나니, 냉장고 안은 금세 갑갑해졌다. 식탁 위에 올려놓은 등산용 냄비 세트와 작은 전기밥솥이 낯설어 보였다.

열려진 창문으로 사람들의 이국적인 말소리가 간간히 들어
왔다 사라졌다. 시간이 가고, 어느 날부터인지 젖을 물고 있던
콩여시도 젖을 먹이던 나도 그 소리에 취해 깜박깜박 낮잠에
빠져들기도 했다.

문턱이 없던 화장실도, 요란한 기계 소리만 품어대던 미지
근한 히터도, 컵 몇 개만 허락되던 싱크대도, 제멋대로 생긴 열
쇠 구멍도 우리 가족의 손을 타며 차츰차츰 정이 들어갔다. 낮
에는 눈부신 햇살을 가득 담고, 밤에는 깜짝거리는 별빛을 수
북하게 담은, 그 멋진 베란다가 있는 그 집에, 우리 가족이 살
았다.

STORY 2

산　　　　　　　　　책

●

우리 동네
레두따

자연을 담은 창, 그곳에 턱을 괴고 앉아 저물어 가는 들녘에 눈을 두면, 어릴 적 엄마 품에서, 등에서 들었던 따뜻한 숨소리가 난다.

연한 풀빛은 봄 햇살에 부서져 들판을 풀풀 떠다니고, 여름이 오면 시원한 빗줄기가 바람을 타고 그곳을 헤집고 다닌다. 가을이 되면 여물어진 풀꽃 머리를 바람이 흔들며 기웃대고, 들녘은 하프 소리를 낸다. 겨울이 드리우면 그곳은 투명한 얼음성에 갇히고, 바람만이 눈을 안고 그 들판을 가로질러 떠나간다. 우리 동네, 레두따^{Редута}는 들녘 같은 곳이었다. 그곳은 늘 사계절이 들락거렸다.

그곳에서 맞이했던 첫 봄은 유난스럽게 매서웠다. 마치 한국의 꽃샘추위가 그곳까지 따라온 것만 같은 착각이 들 정도였다. 그러나 하루하루가 다르게 봄의 기운이 포근하게 차올랐고 나뭇가지에는 몽글몽글 새싹들이 웅크리고 앉았다.

겨우내 비닐 막으로 싸여 있던 우리 집의 창문도, 베란다 문도 어느새 활짝 열리고, 텁텁한 묵은 공기들이 훅 빠져나가자 쌩쌩한 공기와 북적거리는 사거리 풍경들이 집 안으로 떠밀려 들어왔다. 털 코트로 무장한 아주머니의 넉넉한 뒷모습도, 방울 달린 털모자가 앙증맞은 아이의 자작한 걸음걸이에도 어린 봄이 따라다니는 듯 보였다.

늦둥이 눈이 한바탕 지나간 봄의 문턱, 질척한 눈 무더기 사이에 놓여 진 간이 가판대 위에는 봄을 알리는 울긋불긋한 마르떼니짜ⁿᵃʳᵗᵉⁿⁱᶜᵃ마르떼니짜들이 한 가득 쌓여, 멀리서도 한눈에 들어 왔다. 칼칼한 봄바람과 함께 바바 마르따ᵇᵃᵇᵃᴹᵃʳᵗᵃ의 날이 찾아 왔다.

하얀 색과 붉은 색 실을 매듭처럼 꼬아 만든 팔찌를 빼뜨 꼬 선생님과 클라리넷 반 학생들이 내 손목에 감아 주었다. 나 는 그 축제를 즐기는 계절이 오면, 거리의 노점상 앞에 한참을 서서 친구들과 선생님을 위한 마르떼니짜를 고르는 데 정신이 팔리곤 했다. 바바 마르따의 유래도, 그것에 대한 의미도 나에 게는 중요하지 않았다. '선생님과 친구들을 위해 뭐가 좋을까?' 그 망설임이 좋았다. 어떤 친구는 팔목에 주렁주렁 겹겹이 그것 들을 매달고 다니며 친구 애를 과시했다.

집집마다 봄을 알리는 어린 꽃, 꼬끼채ᵏᵒᵏᵘᶜᵉ가 횅한 마당 한구석에 뜬금없이 불쑥 올라와 이른 외출에 외로이 흔들거리 고 있었다. 그 꽃을 시작으로 우리 동네 마당에는 아기자기한 꽃들과 달콤한 과일들 그리고 푸른 채소들이 온 마당을 가득 덮어 버렸다. 그 이른 봄이 오면 동네 이곳저곳에 낮게 깔린 진 한 흙냄새가 났다.

긴긴 여름날, 하늘 멀리 붉은 노을이 구름을 타고 번져 오 면 소피아 시내는 연한 장밋빛에 담가진 사랑스러운 도시가 되어 버렸다.

동네 이곳저곳에서 사람들의 정겨운 말소리들이 자분자분 떠다녔다. 그들은 파라솔이 시원하게 가려진 노천카페나 마당 한 곁의 포도나무 넝쿨이 드리워진 그늘 아래서, 칠이 적당히 벗겨진 탁자에 둘러 앉아 차나 맥주를 마시며 두런두런 이야기를 나누었다.

어릴 적, 집 앞 마당에 자리하고 있던 널찍한 평상 위에서 할머니 무릎에 앉아 참기름과 간장에 비빈 계란밥을 받아먹었던 기억이 떠올랐다. 나는 그들의 마당에서 우리 할머니를 만났다.

우리 동네는 아담하고 소박한 집들이 길을 따라 다정하게 앉아 있었다. 낮은 철망 사이로 그들의 푸근한 마당이 훤하게 들여다보였다. 그 마당에는 주인의 정성을 듬뿍 받은 앙증맞은 꽃들과 잘 다듬어진 채소들의 놀이터였다.

반짝이는 볕을 받아 포동포동 살쪄 가는 청포도와 철망 넘어 붉은 빛의 체리 알들을 드리운 체리나무, 푸르딩딩한 아기 서양배가 마치 크리스마스트리에 장식된 알록달록한 구슬 공처럼 담장 밖으로 군침 돌게 매달려 있었다. 그 담장을 지날 때면, 유리병에 담긴 색색의 과일 맛이 나는 사탕 냄새가 났다.

빼꼼히 밖으로 열려진 작은 나무창문은, 빨간 머리 앤의 초록 지붕 집을 떠올리게 만들었다. 금방이라도 주근깨 가득한 앤의 얼굴이 쏙 고개를 내밀 것 같았다.

가끔은 마당에 꽃들과 채소들 틈으로 얼굴을 파묻은 채, 커다란 엉덩이를 하늘 높이 띄우고 무언가 하시던 넉넉한 불가리아 아주머니도 만날 수 있었다.

저녁노을 빛이 창문가에 스며들고 길가에 아름드리 서 있던 쌉쌀한 차나무 향기가 우리 동네를 떠다니면 우리 가족은 집을 나섰다.

버스 정류장 앞에는 과일 몇 알과 다 시들어 가는 채소 다발이 상자 속에 들어앉아 있던, 아주 작고 아담한 과일 가게가 있었다. 그곳을 지날 때면 상냥한 주인아저씨는 콩여시의 이름을 불러대며 부랴부랴 밖으로 나오셨다. 그리고는 이파리가 덤으로 달린 체리 다발이나 콩알만 한 사과를 콩여시의 조막만 한 손에 꼭 쥐어 주셨다. 아기 콩여시는 '메르시Мерси' 고맙다는 말을 웅얼거리며 꾸벅꾸벅 배꼽인사를 했다.

헤벌쭉 입이 벌어진 콩여시의 손을 잡고 우리는 발길 가는대로 이 골목 저 골목을 기웃거렸다. 작은 보물창고 같았던 우리 동네는 오목조목한 풍경들로 우리들의 발걸음을 멈추게 했다.

우리 집 근처에는 콩여시가 유난하게 좋아했던 과자점이

있었다. 그곳에는 동화 나라의 주인공들이 올라앉은 케이크며 과자, 사탕들이 빼곡하게 진열되어 있었고, 온갖 달콤한 냄새가 진동을 했다. 색색의 설탕 크림과 초콜릿을 뒤집어 쓴 만화 주인공들 사이로 젤리 코를 씰룩거리며 막대 나무에 매달려 있던 토끼 사탕은, 윈도우 불빛을 받아 달콤한 빛을 뿜어대며 콩여시를 애타게 만들었다. 진열장에 코를 박고 서 있던 그 어린 콩여시가 눈앞에 아른거릴 때면, 나는 바보처럼 웃는다. 과자점을 나올 때면, 콩여시의 토당한 손에는 어느새 토끼 사탕이 들려 지고 여시는 젤리코를 열심히 핥아댔다.

발길 닿는 대로 거닐다 보면 허름한 차고 문이 위로 젖혀진 가게를 만날 수 있었다. 문짝에 공구 몇 개가 어색하게 걸린 것이 자동차 수리 점 같아 보였다. 달아빠진 바퀴 신발을 벗어 던진 낡고 지친 자동차 한 대가 입을 쩍 벌리고 길 가장자리에 엎어져 있었다. 그 속에 몸을 반쯤 숙이고 있던 통통한 아저씨의 모습이 눈에 들어왔다. 우리는 한참을 서서 그 모습을 지켜보다 요란한 공구 소리가 귓가를 때리면, 그곳을 피해 다른 골목으로 발길을 옮겼다.

어느 집 모퉁이를 돌고, 커다란 차나무 곁을 지나 포도나무 넝쿨 사이로 보일 듯 말 듯한, 작은 창고에 차려진 허술한 카페를 만났다. 우리는 그 안에 웅크리고 앉아 쪼가리 유리창 너머로 간혹 지나가는 사람들과 자동차를 바라보며, 유리잔에 담긴 걸쭉한 복숭아 주스를 한 모금씩 목구멍으로 넘겼다. 잿빛에 거리의 풍경이 흐트러지면, 우리는 그곳을 빠져나와 오던 길을 되돌아 집으로 돌아왔다. 우리 가족의 여름밤은 그렇게 흘러갔다.

고층 건물 더미에 쪼개진 하늘, 그 귀퉁이 사이를 아슬아슬하게 날아가는 새 한 마리를 본 적이 있다. 보도블록 사이를 비집고 나온 강아지풀을 안쓰럽게 본 적도 있다. 피아노를 둥당거리다 클라리넷을 빽빽 불다 문득, 작은 창으로 흘러 들어오는 구름을 보고 있노라면, 정겨웠던 우리 동네 레두따가 아른거린다.

바바 마르따^{Баба Марта}

바바는 할머니, 마르따는 3월을 의미하며, 3월 1일은 전설의 할머니가 오시는 날
이라고 한다. 겨울이 끝나고 봄이 시작된다고 믿는 불가리아 풍습으로 우리나라의
입춘과 비슷한 성격을 가진다. 이 날은 흰색과 붉은 색 실을 매듭처럼 꼬아 만든 팔
찌나 장신구인, 마르떼니짜^{мартеница}를 서로 나눠 가지며 건강과 행운을 기원한
다. 3월 한 달간 마르떼니짜를 몸에 지니고 다니다, 날아가는 황새를 보거나 나무
에 어린 순이 나면, 그것을 나뭇가지에 매달아 놓고 소원을 빈다고 한다.

우리 동네 백세 할아버지와 콩여시

푸른 눈의
니콜라이 할머니

우리 집 건너편에는 유난히 콩여시를 예뻐해 주시던 할머니가 살고 계셨다. 할머니는 빛이 바랜 금발 머리와 푸른 눈동자를 지닌 고운 분이셨다. 나는 가끔 할머니의 도톰한 돋보기 안경 너머를 힐끔거렸다. 그리고 할머니의 빛바랜 모습 속에서 화려하고 풋풋했던 그분의 처녀시절을 상상하며, 추억의 영화 속 잉그리드 버그만을 떠올렸다.

　우리는 할머니가 남편인 니콜라이 할아버지 이름을 부를 때 들었던 그 이름을 붙여 '니콜라이 할머니'라고 불렀다.

　그곳에 도착해 한동안은 동네 사람들 얼굴이 눈에 들어오지 않았다. 그러나 할머니는 어쩌다 우리와 마주치기라도 하면 반갑게 손을 흔들어 주셨다. 그리고 가끔은 우리를 불러 세우시고 입을 크게 오므렸다 폈다 하시며 열심히 무언가를 설명하셨다. 그러나 나는 불가리아 말보다는 금세라도 튀어나올 것 같았던 할머니의 목젖과 떨걱거리는 틀니에 눈이 쏠려 버렸다. 그렇게 어설픈 대화를 하다 보면, 어느새 내 눈이며 입도 할머니의 표정을 따라 실룩거렸다. 그러나 안타깝게도 할머니의 그런 노력과는 상관없이 우리가 도착했던 그 해에는 단어 몇 개만 귀에 걸릴 뿐, 할머니의 표정을 읽는 것이 더 쉬운 방법이었다.

　불가리아에서의 첫 봄을 맞았을 때, 할머니는 작은 망설임도 없이 마당 구석에 불쑥 올라온 노란 꼬끼채란 꽃을 따서 콩여시의 작은 손에 쥐어 주셨다. 봄이 찾아올 때면, 나는 꽃집 앞 가판대에 제일 먼저 놓여 진 노란 프리지아 꽃다발 속에서 니콜라이 할머니를 떠올려 본다.

학교 가는 길에 종종 외출하시는 니콜라이 할머니와 마주 쳤다. 할머니는 기다리라는 손짓을 하시며 바쁜 등굣길의 걸음을 멈추게 했다. 그리고는 들고 있던 낡은 천 가방의 입을 벌려 할머니의 뭉툭한 불가리아 베개 빵의 궁둥이를 뚝 잘라 주시고는 동네 언덕길을 힘겹게 내려가셨다. 나는 멍하니 서서 할머니의 구부정한 등이 뿌옇게 흐려질 때까지 한참을 바라보았다. 그리고는 손에 들려진 빵 덩이를 가방 한쪽에 조심스럽게 쑤셔 넣고, 조금은 가라앉은 기분으로 다시 학교를 향해 걸어갔다.

니콜라이 할머니는 얼마 안 되는 연금을 받으셨다. 그러나 그 돈으로는 여기저기 아픈 할머니의 약값을 감당하기 어려워 보였다. 그래서 할머니는 아침이면 시내에 있는 어느 회사 건물로 청소를 다니셨다.

그곳의 노인들 대부분은 연금을 받았는데, 젊어서 어떤 직업에 종사했느냐에 따라 연금 액수에 차이가 있는 듯 보였다. 주인집 할아버지는 평생을 의사로 지냈다고 하시며, 연금이 꽤 되어 살 만하다고 한 기억이 난다.

고단한 할머니의 모습이 안타까웠지만 할머니에게 일이 있다는 것이 얼마나 다행한 일인가 싶었다. 일터로 가시던 할머니의 뒷모습을 볼 때면, 들뜬 내 마음은 어디론가 사라져 버렸다. 누군가의 기나긴 인생의 여정이 쌓인 등을 바라보는 일은 마음을 숙이게 만든다.

가을이 되면 할머니는 니콜라이 할아버지가 산을 타고 따오신 조막만한 사과나 빨갛고 노란 이름 모를 산열매들을 마당 가운데 펼쳐 놓으셨다. 그리고 겨우내 먹을 쨈이나 과일 조림을 만드셨다. 그 모습은 어린 시절, 마당 수돗가에 잔뜩 쌓여 있던 배추절임 사이로 엄마와 동네 아주머니들이 김장을 담그던 풍경과 닮아 있었다.

우리가 도착한 그 해, 시장에는 제철 과일 외에 냉장 과일이나 채소를 찾아보기가 어려웠다. 그때의 불가리아는 나의 중학교 시절의 풍경을 떠올리게 만들었다. 야채 병조림이나 쨈, 그리고 집에서 갓 짜 온 염소젖을 아름아름 들고 나와, 길가에 펼쳐 놓고 손님을 기다리는 노인들이 특히 눈에 띄었다.

니콜라이 할머니 댁도 겨울나기 준비를 하셨다. 마당 한쪽 구석의 화로에 걸려 있던 커다란 양은솥에는 부글부글 과일 조리는 소리와 함께 온 동네에 달콤한 냄새가 퍼져 나갔다. 때를 잘 맞춰 지나가기라도 하면, 할머니는 커다란 나무주걱을 흔드시며 콩여시의 이름을 어설프게 외치셨고, 금세 만들어 놓은 과일병조림을 낮은 담장 위로 건네 주셨다. 할머니는 이것저것 만드는 과정도 설명해 주셨고, 끝머리에는 콩어시 먹이라는 말씀도 잊지 않으셨다.

나는 집으로 돌아오자마자 병의 궁둥이를 한 대 때리고 는 병뚜껑을 열어젖혔다. 그리고 그 뜨끈한 과일 조림을 한 수저 듬뿍 떠서 입에 넣어 보았다. 할머니의 과일 조림이 입에 들어간 순간, 나는 켁켁거리며 연거푸 잔기침을 해댔다. 할머니의 단맛은 마치 목젖이 배 속으로 순식간에 빨려 들어갈 것처럼 몇 초 동안은 숨도 쉬지 못할 정도로 나를 꽁꽁 묶어 버렸다. 가끔 그 맛이 그리워질 때면 쨈이나 과일 조림을 만들어 보지만 아무리 설탕을 많이 들이부어도 니콜라이 할머니의 단맛을 찾을 수가 없다.

새벽 동이 트기도 전에 단잠을 깨우던 호두나무 꼭대기의 쨱쨱 새 노랫소리도, 니콜라이 할머니 댁의 터줏대감이 컹컹거리는 소리도 우리가 그곳을 떠나기 전까지 계속되었다.

•

반짝이는

알렉산드르 네프스키 성당

저물어 가는 먼 하늘빛에 홀리면, 달려가던 내 시간을 잠시 놓아두고 우리 집 베란다에서, 우리학교 303호에서 나는 한참 동안 그곳을 바라보곤 했다. 하늘과 맞닿은 소피아 시내의 나지막한 지붕을 타고 가다 보면, 어느 새 나는 황금 돔이 빛나는 성당의 꼭대기에 서 있었다. 둥근 황금빛 모자를 얹어 쓴 알렉산드르 네프스키[Александър Невски] 성당은, 언제나 눈이 부시게 광이 났다.

그곳은 우리 가족이 소피아에 도착하자마자 제일 먼저 가 본 곳이기도 했다. 그때 그 성당의 의미는 서울 한복판에 위치한 조계사를 찾는 외국인들의 목적과 같지 않았을까 싶다. 그 성당과의 첫 만남은 머릿속에 막연하게 그려져 있던 밝고 단아한 성당의 이미지와는 거리가 멀었지만, 나는 오랜 시간 그곳에서 작은 평온을 얻었다.

성당 안으로 들어서자, 나는 중학교 때의 일이 떠올랐다. 기말 시험이 끝나고 학교에서 단체로 영화관을 찾은 적이 있었다. 그 시절 학생 단독으로 극장을 출입한다는 것은 심하게는 불량 학생으로 찍힐 만큼 위태로운 일이었다. 그래서 나에게는 초등학교 때 엄마, 동생과 함께 간 극장의 기억만이 어렴풋이 남아 있었다. 로봇태권브이의 정의로움에 들뜬 꼬마들이 그득했던 극장의 풍경이다.

그러나 내 생애 두 번째로 보았던 영화《오멘》속에 무겁고 소름끼치는 성당은 충격이었다. 알렉산드르 네프스키 성당은 그 영화 속의 성당을 떠오르게 만들 정도로 나에게는 익숙하지 않은 분위기였다. 어두컴컴한 실내, 구석구석 켜 놓은 검붉은 등과 누렇게 흘러내려 겹겹이 쌓인 촛물은 그 공포영화 속의 성당을 떠올리게 만들었다.

보고 싶은 연주회가 있는 날이면, 집이나 학교에서 일찌감치 길을 떠나 불가리아 홀이 있는 시내로 걸어 다녔다. 꽤 시간이 걸렸지만 지나가는 사람들도, 낡은 유럽의 집들도, 성당을 둥글게 돌아가는 광장 길도 내게는 유일하게 여행자가 된 즐거움을 주었다. 특히 집으로 돌아오는 길에 있었던 터키 과자점을 기웃대는 일은 콩여시와 함께 할 달콤한 기대를 안겨 주던 곳이었다.

성당의 지하 박물관에서는 소소한 연주회가 자주 열렸다. 그곳은 사람들이 거의 빠져 나간 늦은 저녁때의 동네 목욕탕 같았다. 그곳의 음향은 연주자의 의지나 노력을 알아주지 않았고, 소리의 잔상들이 계속 겹쳐져 버석거리는 과자를 씹을 때처럼 연실 머릿속을 울려대는 소리가 났다. 그곳에서 열리는 연주회를 자주 가지는 않았지만 연주가 끝나면 귓속이 퉁퉁 불은 느낌이 들었다. 그러나 곱게 칠해진 하얀 회벽에, 빈틈없이 걸린 액자 속의 성인聖人들만은 늘 한결 같은 표정으로 음악을 감상하는 듯 보였다.

음산한 성당의 분위기나 지하 박물관의 끝없는 소리의 잔상도 뒤로하고, 나는 그 성당을 자주 찾아갔다. 복잡한 감정들이 나를 괴롭힐 때면 나는 그곳에 내 감정들을 덜어 놓았고, 돌아올 때는 잘 조율된 악기처럼 집으로 향했다.

서울로 돌아온 후, 나는 가끔 눈을 감고 그 길을 따라가 본다. 파란 간판이 시원하게 눈에 들어왔던 약국을 지나 열려진 문틈으로 퀴퀴한 옷 냄새가 새어 나오던 중고 옷집도 지난다. 불가리아 음악학교 정문 앞에는 악기 가방을 멘 어린 음악가들이 재잘거리며 서 있다. 그 앞을 힐끔거리며 지나치면 울룩불룩한 돌바닥이 깔린 광장에 나는 들어선다. 그곳에 네프스키 성당이 있었다.

으스스했던 성당도 성인들의 안식처인 지하 박물관의 음악회도, 일요일이면 소피아 시내에 차분하게 울려 퍼졌던 성당의 종소리도, 이제는 호숫가에 잔잔하게 퍼져 오는 물결처럼 다가왔다 사라진다.

그저 바라보는 것만으로도 평온함을 주었던 그곳 알렉산드르 네프스키 성당은 유학 생활 동안 내게도 작은 숨을 나눠 주었던 곳이었다.

알렉산드르 네프스키|Александър Невски 성당

발칸 반도의 최대 성당으로 불가리아 수도, 소피아에 있는 러시아 정교회다. 오스
만 제국으로부터 불가리아 해방을 위해 러시아 튀르크 전쟁에서 죽은 약 20만 명
의 러시아 군인의 영혼을 기리기 위해 1912년에 세워진 성당으로 러시아의 장군의
이름을 붙였다.

보물 상자 같은 그곳,
비토샤

비토샤를 날다

신도시로 이사 올 때만 해도 아파트를 벗어나 택지들이 조성된 빈 들판 위에 올라서면 먼 산의 끝머리로 넘어가는 해를 만날 수 있었다. 하루가 지나고 이틀, 사흘 차곡차곡 시간이 그리고 날들이 쌓여 가자 그곳에는 크고 작은 건물들이 빼곡히 들어섰고, 나는 이제 집으로 돌아가는 해를 만날 수 없게 되었다.

뿌연 잿빛으로 흐트러진 아파트 숲과 조각난 하늘이 내 마음을 답답하게 만들 때면, 가슴 속 구석구석까지 청정했던 그곳 비토샤^{Витоша}산의 공기에 목이 말라온다.

우리 집에서 비토샤 산은 손에 잡힐 듯 가까운 곳에 있었다. 낮에는 하얀 눈으로 산 꼭지가 빛이 났고, 새카만 밤이 내려앉으면 산 중턱에 뾰족하게 서 있던 철탑 위로 작고 몽글몽글한 불빛들이 밤하늘의 별빛과 어울려 깜짝였다. 그 산은 소피아의 산소 창고였으며 사람들의 안식처였다. 그리고 그 한 자락을 우리 가족에게도 내어주었다.

남편은 서울에 있는 친구들이나 친척들과 전화를 할 때면 어김없이 그 산에 대해 열변을 토했다. 특히, 높이에 대해 숫자들을 길고도 높게 나열하며 한라산보다는 높고 백두산보다는 몇 미터 낮다는 것을 강조했다. 그리고는 그런 산이 코앞에 있다고 흥분되어 수다를 떨었다. 가끔은 앞뒤로 길게 늘어선 무수한 숫자들보다 "훨씬!", "엄청!"이란 표현들이 때로는 더 많은 흥을 줄 때가 있다.

우리는 자주 그 산을 찾았고, 그 거대한 품으로 들어설 때면 감탄이 섞인 짧은 숨이 터져 나왔다. 주말이면 산 밑에 있는 곤돌라나 리프트를 타고 산을 올랐다. 곤돌라와 리프트는 병풍처럼 놓여 있는 산의 반대편에 각각 자리하고 있었다. 우리는 리프트를 타고 산 중턱에 있는 종착지에 내린 후, 사람들의 뒤꽁무니를 따라 그 산의 허리를 길게 가로질러 갔다. 한참을 걷다 보면 자그마한 식당과 기념품 가게, 쉼터가 모여 있는 아기자기한 공터에 들어설 수 있었다.

기계 돌아가는 소리와 함께 사람들이 줄을 서 있던 곤돌라 대기실도 눈에 들어왔다. 우리는 더 높은 산행을 위해 잠시 그곳 광장에 머물며, 기념품 가게를 기웃거리기도 하고 사람들 틈에 끼어 쉼터에 준비된 헐렁한 스프에 빵 조각을 담가 먹기도 했다.

다시 산 정상을 향하는 리프트를 타고 올리브빛 이끼들이 뒤덮인 돌산을 지나, 리프트의 마지막 정거장에 도착했다. 그곳은 잔잔한 물결처럼 둥글둥글한 작은 바윗돌과 키 작은 풀들이 리듬을 타며 어우러진 곳이었다.

멀리 불쑥 올라 온 마지막 목적지를 향해 사람들은 앞선 이의 발뒤꿈치를 따라 줄을 지어 갔다. 발밑에 어른거리는 난쟁이나무 사이사이에 까만 열매들이 숨어 있는 것이 보였다. 앞서 가던 사람들이 뭔가를 따 먹는 모습이 눈에 들어왔다. 그렇게 여유로운 산책이 끝나 갈 때 쯤, 우리는 산행의 끝머리에 있었고 정상을 향해 힘을 냈다.

비토샤 산의 꼭지에는 내가 상상했던 위태위태한 모습은 없었다. 사람들을 품어 주는 널찍하고도 평온한 뜰이 있을 뿐이었다. 사람들도, 데리고 온 강아지도 제 집 마당에 들어선 듯 팽팽하게 조이던 끈들을 풀어 놓고 쉬어 갔다.

그 무엇으로도 조각난 하늘은 보이지 않았다. 그저 손에 닿을 것만 같은 투명한 하늘만이 우리 옆에 나란하게 누워 있었다.

언제나 돌아오는 길은 사람들도 짐 가방도 숨이 죽은 채소처럼 한풀 꺾인 모습이었다. 우리는 다시 광장에 있는 곤돌라를 타고 올라갔던 방향의 반대 방향으로 산을 내려 왔다.

나는 곤돌라에 올라탈 때면, 뿌옇게 흠집이 난 플라스틱 창이 답답했다. 마치 오래된 할아버지의 안경 너머를 보는 것처럼 느껴졌다. 어느 날은 창밖 풍경을 포기하고 함께 탄 이방인들에게 눈을 돌렸다. 조금은 위태롭게 보이지만 자연의 빛과 바람에 쓸린 나무 의자에 걸터앉아 숲 속을 떠다니는 리프트가, 나는 더 신나고 재미가 있었다.

처음 리프트를 타고 산을 찾았을 때, 우리는 두 계절을 만났다. 리프트가 끝나는 산 중턱에 내렸을 때에는 늦가을의 서늘한 기온에 몸이 오싹거렸다. 그리고 다시 한참을 걸어 다른 리프트를 갈아타고 또 삼사십 여분을 올라가 돌산 정상으로 가는 입구에 내려졌을 때는 뜻밖의 이른 겨울을 만나 오돌오돌 떨어야 했다. 그 산에는 여러 계절이 함께 살고 있었다.

산 아래에는 허름한 카페를 끼고 리프트 타는 곳이 있었다. 지은 지가 꽤나 오래된 것 같은 낡은 콘크리트 시설이었다. 군데군데 눈에 띄는 왕 거미줄은 마치 버려진 성 안에 매달린 샹들리에 같았다.

주말이면 그곳은 인접한 카페를 중심으로 뱀의 똬리처럼 사람들이 늘어선 줄은 원을 그리며 겹겹이 이어졌다. 어느 날은, 한두 시간을 기다려야 간신히 매표소 앞까지 갈 수가 있었다. 철 냄새가 손에 묻어날 것 같은 비좁은 출입구에는 일일이 표를 확인하는 안전 요원 아저씨가 계셨다.

나무 의자가 철커덕철커덕 규칙적인 소리를 내며 천천히 들어왔다. 사람들은 배낭을 아기 안 듯 앞으로 감싸고, 바닥에 희미하게 그어진 줄 위에 궁둥이를 쭉 빼고 서서는, 뒤를 돌아보고 있었다. 배가 불룩 나온 안전 요원 아저씨들이 타는 곳과 내리는 곳에 신경이 곤두선 채 서 있었다. 간혹 타이밍을 놓친 사람들이 나무 의자에 치여 앞으로 내동댕이쳐지는 것을 본 적이 있다.

나는 콩여시를 안고, 남편은 배낭을 배에 매달고 의자를 기다렸는데, 늘 매표소 앞에서부터 가슴이 콩콩거렸다. 어릴 적, 백 미터 달리기를 하기 전에 들려왔던 심장소리 같았다.

의자는 기다리고 서 있던 사람들의 궁둥이를 휙 낚아챈 후, 앞뒤로 잠시 버겁게 흔들거리다 이내 평정심을 찾고 천천히 리듬을 타며 위로 향했다. 움직이는 딱딱한 나무 의자에 순식간에 걸터앉기란 쉬운 일이 아니었다. 항상 다리 어딘가를 부딪쳐 약간은 얼얼한 느낌이 들었다. 리프트가 천천히 공중에 높게 매달리기 시작하면, 아슬아슬했던 시멘트 바닥이 조금씩 뒤로, 아래로 멀어져 갔다.

아기 손바닥만 한 상록수 잎들이 손끝을 스치며, 발끝을 스치며 우리를 지나갔다. 마치 모차르트의 '피아노 소나티네' 속의 작고 따뜻한 음표들의 움직임처럼 느껴졌다. 잠시 나무들과 어울려 따끈한 햇볕을 덮고 앉으니 깜박 잠이 어른거렸다.

얼마가 지났을까, 다른 그림이 걸린 듯 낮은 평지가 나타났다. 폴짝 뛰어내리고 싶은 충동이 일렁거릴 정도의 높이로 다가왔다. 알 수 없는 야시시한 꽃들이 군데군데 무리를 지어 지나갔다. 그 사이사이로 봉긋하게 올라온 제법 큰 개미 무덤들이 작은 산을 이루고 있었고 그 위로는 어마어마한 왕개미들이 줄줄이 무리를 지어 움직거리는 것이 보였다. 자연 속을 날고 있다는 느낌이 이런 것일까?

나는 날파리 같은 경비행기도, 하늘을 둥둥 떠다니는 기구도 타 보았다. 그러나 그때의 흥분과는 달랐다. 리프트를 타는 것은 마치 나비와 벌이 된 것 같은 느낌에 가까웠다.

리프트가 다니는 길이 멀리까지 한 줄로 얌전히 이어져 있는 것이 보였다. 또 다른 세계로 들어온 듯, 군데군데 보이는 사람들이 손을 흔들어 주었다. 그럴 때마다 모르는 이들과의 인사에 인색한 내 손은 쑥스러워 했다.

저 멀리 웃통을 벗어젖힌 할아버지는 옆구리에 찬 주머니에 무언가를 열심히 담고 계셨다. 주변에 빨간 열매들이 송골송골 매달려 있는 것이 점점 가까이 다가왔다. 발끝을 타고 빨갛게 산딸기 밭이 번져왔다.

반대쪽으로 빈 리프트가 덜컹덜컹 가벼운 소리를 내며 지나갔다. 간혹 일찌감치 산행을 마치고 내려가는 이들이 우리에게 여유로운 미소와 함께 손을 흔들어 주었다. 그 산에 오르고 또 올랐을 때 내 손은 저절로 흔들어졌다.

얼마를 갔을까, 좀 쌀쌀한 공기가 느껴졌다. 품속의 콩여시는 젖을 움켜쥐고 달콤한 잠에 빠진 듯 보였다. 나는 입고 있던 티셔츠의 끝을 잡아당겨 콩여시의 발이며 손을 잘 감싸 주었다.

고개를 들어보니 아기자기한 숲 속의 정원들이 어느새 사라지고, 아주 잘생긴 전나무와 소나무들이 나란히 줄지어 우리에게 다가오고 있었다. 마치 엄격하면서도 믿음직한 병정들 같았다.

어느 순간, 늦가을 녘에 접어든 듯 차갑고 청명한 솔잎향이 얼굴에 와 닿으며 몸이 붕 떠오르는 느낌이 들었다. 신기하게도 내 귀가에 음악이 맴돌았다. 스메타나의 '몰다우 강'의 선율이 청명한 솔바람을 타고 전나무 사이를 굵직하게 흘러 다니는 듯 보였다. 나는 늘 음악으로 자연을 보고 모든 감정을 느끼고 상상하려고 했는데, 자연이 절로 음악을 들려 줄 것이라고는 미처 알지 못했다.

리프트 가는 길 양 옆으로 죽죽 뻗은 전나무의 푸르른 팔들이 나를 만지작거리며 뒤로 지나갔다. 콩만 한 알갱이들이 건강하게 매달려 있었다. 나는 영화의 한 장면처럼 전나무 숲을 날고 있었다.

거친 겨울바람의 여운을 품고 봄이 지나갈 때쯤이면, 그 바람에 실려 소나무의 꽃가루들이 온 숲을 연노랑 빛으로 살짝 덮어버렸고, 우리 집 창문 틈을 비집고 들어와 나를 귀찮게 했다.

우리 엄마가 아주 어렸을 때, 외할아버지는 그 송화 가루들이 날리는 늦은 봄이 오면 그것들을 조심스럽게 모아 꿀에 개어 약을 만드셨고, 몸이 약한 엄마는 할아버지의 사랑을 먹었다고 한다. 불가리아의 시장에서 꽃가루들을 모아 파는 꿀 상점을 본 적이 있다. 나는 그곳에서 큰딸인 우리 엄마를 걱정하시던 외할아버지를 만날 수 있었다.

멀리 낯선 콘크리트 시설물이 눈에 들어왔다. 종착지가 점점 가까이 다가오고, 어느 순간 쇠 부딪히는 소리가 요란스럽게 나더니 평화로웠던 나무 의자가 심하게 흔들거리며 콘크리트 구조물 속으로 빨려 들어갔다. 그 전의 평화로움은 어디론가 숨어 버리고, 조금은 긴장되는 순간이 다시 다가왔다.

우리들을 내려 주려고 안전요원 아저씨들이 엉거주춤 서 있는 모습이 점점 가까워졌다. 출구 쪽에 해바라기 씨를 파는 아저씨의 모습도 눈에 들어왔다. 콩여시를 꼭 껴안고 타이밍을 잘 맞추어 뛰어내릴 준비를 했다. 어느 순간 폴짝 의자에서 뛰어내리자 안전 요원 아저씨가 내 팔을 잡아 잘 안착시켜 주었다. 학교에 입학하기 전까지, 우리 가족은 주말이면 그곳을 즐겨 찾았다. 그러나 늘 타고 내리는 일에 대해서만큼은 새로운 긴장감이 만들어졌다.

쌀쌀한 공기를 맞으며 소나무와 전나무가 뒤섞인 산길을

따라 한참을 걸어갔다. 발끝에서 차여 주먹만 한 솔방울들이 톡톡 튕겨져 나갔다. 사람들이 다녀간 작은 오솔길을 따라 또 한 무리의 산딸기 밭이 군데군데 무리지어 있었다. 사람들은 꾸부정히 서서 산딸기를 따 먹고 있었다. 우리에게 다가온 아저씨가 콩여시 손에 산딸기를 한 움큼 덜어 주시고는 뒤돌아서 갔다. 나는 그곳 사람들이 아이들을 바라보는 눈빛이 좋았다. 할머니 할아버지도, 아저씨 아주머니도, 이기적일 것 같은 젊은이들도 아이들을 그냥 지나치지 않았다.

어릴 적 할머니는 내게 가끔 재미나는 퀴즈를 내어 주시곤 했다. "세상에는 봐도 봐도 질리지 않는 꽃이 있단다. 뭘까?"

한참 동안 이리저리 눈을 굴리는 내게, 할머니는 아이들이라고 말씀하셨다. 그때는 그 말을 이해하지 못했다.

겨울에도 그 산은 또 다른 이야기들을 품었다. 눈꽃이 핀 숲을 타고, 전나무 어깨에 아슬아슬하게 쌓인 눈 더미들을 옆으로 하고 우리는 또 환상적인 비행을 했다. 햇살을 품은 눈 더미는 언 숲을 보석이 가득 든 상자처럼 눈이 부시게 위장시켰다.

스키 학교가 열리는 시즌이 되면, 남편과 콩여시는 눈사람이 되어 그곳, 비토샤 산에 살았다. 매섭게 몰아치는 눈보라를 뒤로하고 우리는 산장으로 몸을 피했다. 사방이 뚫린 유리창

밖으로 뿌옇게 뿌려지는 눈가루에 숲이 숨어버렸다.

　산장 중앙에 기다랗게 놓여 진 벽난로에서 탁탁 나무 타는 소리가 몽롱하게 들려왔다. 거품이 봉긋하게 올라앉은 따끈한 카푸치노 한 모금에 오그라들었던 얼굴과 몸이 서서히 녹아들면, 양 볼이 벌겋게 달아오르고 살금살금 눈이 감겼다. 마치 꿈 속의 이야기처럼, 그 산이 신기루처럼 나타났다 사라진다.

비토샤^{Витоша}

산에 오르면 불가리아 수도, 소피아를 한눈에 내려다볼 수 있다. 그러나 겨울이 오면 벽난로를 빠져나온 뿌연 연기로 소피아 시내는 둔탁한 막으로 가려진다. 그 산은 백두산보다 조금 낮은 2,290m이며 국립공원을 포함하고 있다. 여름에도 산 꼭지에 희끗하게 눈이 어른거렸고, 겨울에는 스키를 즐기는 사람들로 알록달록해 진다.

시냐꾸보 시장

학교 가는 길, 끝자락에 시장이 하나 있었다. 나는 학교를 오갈 때면, 그 시냐꾸보^{Ситняково} 시장을 가로질러 다녔다. 한국 사람들은 루마니아 대사관 옆에 있다고 루마니아 시장이라고 도 불렀다. 따사로운 계절이 오면, 그 시장은 소피아에서 가장 풍요로운 곳이 되었다.

시장 주변의 가로수들 아래로 작고 까만 버찌 열매들이 길 바닥 위에 툭툭 떨어져, 마치 폭탄의 잔재들처럼 여기저기에 질 펀하게 어질러져 있었다. 달콤하다 못해 농익은 단내가 발끝을 타고 올라와 코끝을 진동시켰다. 한가롭게 그 열매 부스러기들 을 쪼아 먹던 윤기 도는 비둘기들은 그 자리가 제 집인 양, 행 인들의 발걸음에도 푸덕대는 날갯짓 하나 없이 제 할 일만 하 고 있었다.

시장 입구에는 '빨간 집 레스토랑'의 식탁과 의자들이 길 가장자리를 차지하고 있었다. 그곳에 간간이 자리 잡은 사람들 이 끊임없이 풀어내는 담배 연기와 오밀조밀한 에스프레소 커 피 잔 위로 넘나드는 그들만의 수다도 여유롭게만 보였다.

나는 가끔, 시장 맞은편 길에 서서 시장 풍경을 건너다보곤 했다. 알록달록한 과일과 채소들이 색을 맞춰 가판대 위에 차 곡차곡 쌓여있는 모습은 마치 붓을 대기 전, 색색의 물감들이 봉긋하게 담겨진 팔레트처럼 보였다. 특히, 농염한 붉은 빛을 띤 체리 다발에 나는 열광했다.

작은 플라스틱 팩에 든 체리 몇 알이 수박 한 통 값을 훌쩍 넘는 한국과는 달리, 1kg에 이천 원이 조금 넘는 돈을 지불하면 아랫배가 불룩하게 매달린 비닐봉지를 건네받을 수 있었다. 공짜 같은 느낌이 드는 것도 무리는 아니었다. 서울에서 먹어 보았던, 과일 통조림 속에 진이 다 빠진 벌그레한 체리 건더기가 떠올랐다. 젓가락으로 이리저리 뒤적이다 걸려든 반 토막난 체리에 한을 풀 듯, 나는 콩여시와 마주 앉아 소쿠리 가득 채워진, 포동포동 윤기 도는 체리로 배를 채웠다. 그리고 그 미친 계절이 돌아오면 체리에 홀린 듯 그 시장을 들락거렸다.

채소와 과일들 틈 속에서 그 나라에서는 보기 드문 배추를 간혹 발견할 수도 있었다. 그들은 기타이스코 젤레[китайско зеле], 중국 배추라고 불렀다. 운이 좋으면 진열된 서너 포기의 배추를 몽땅 살 수 있었지만, 그 가격이 한국의 금 배추 값을 능가했다. 특히, 시장 가판대의 빈곤함이 느껴지는 겨울이 오면, 어쩔 수 없이 양배추 김치로 밥상을 달래야 했다.

시장 안에는 수수한 식당이 하나 있었다. 그곳을 오가는 사람들과 상인들 그리고 우리 학교 학생들이 호주머니 생각을 잠시 비워두고, 배를 채우기에 넉넉하고 푸짐한 곳이었다. 소쿠리 가득 넘쳐나게 썰어 나온 불가리아 베개 빵을 뜨끈한 닭고기 스프에 적셔 먹으면 이상하게도 갓 지은 흰쌀밥에 김치를 얻어 먹던 집 밥맛이 났다.

　학교 가는 이른 아침이면, 스프 끓이는 냄새가 시장 입구까지 조용히 흘러나왔다. 고깃국에 채소가 푹 우러난 맛이 코끝에서 느껴질 정도였다. 학창시절, 잠결에 들어 왔던 엄마의 투박스러웠던 나무 도마 소리와 찌개 냄새가 나는 것 같았다. 유리창 너머로, 서너 명의 퉁퉁한 요리사 아저씨들의 분주한 모습이 보였다. 학교 매점이 일찍 문을 닫는 날에는 마음이 맞는 친구들과 그 식당 앞에 널려진 탁자에 모여 앉아, 닭고기 스프에 빵을 적셔 먹으며 수다를 떨었다.

　그 시장은 가난한 노인들에게도 한 자리를 내어줄 만큼 넉넉한 곳이기도 했다. 시장 도로 가장자리는 할머니, 할아버지들만의 상점이었다. 마치 시골 장터, 한쪽 구석에 쪼그리고 앉아 계시던 우리네 할머니들 모습과 다르지 않았다. 고추와 오이 그리고 집에서 갓 짜온 염소젖이 넉넉히 든 찌그러진 페트병 두서너 개가, 길바닥 위에 놓여 있었다. 그 옆에 쪼그리고 앉아 계시던 할머니들의 마른 진흙 반데기 같았던 손이 눈에 들어왔다. 내가 한국에 오기 전까지 늘 그곳에 그 할머니들은 앉아 계셨고, 길바닥 위에 위태롭게 놓인 고추와 오이 몇 알, 그리고 페트병의 숫자도 늘 그대로였다.

　시장을 빠져나오는 끝머리에는, 간단한 눈요기를 위한 잡지책과 신문을 팔던 가판대가 하나 있었다. 나는 늘 곁눈질로 그곳을 훑고 지나다녔다. 그 와중에도 안쓰럽게 눈에 걸리던 작은 책이 하나 있었다. 요란스런 잡지책과 신문 틈에 끼어 있었던 생텍쥐페리의 '어린 왕자'였다. 아쉽게도 어린 왕자는 내가 서울로 떠나오기 전까지 그곳을 떠나지 못했다.

나는 그 시장에서 양손 가득 채소와 과일이 든 봉지를 들고 떠나는 아주머니도 만났고, 동전 몇 개와 맞바꾼 반의 반쪽이 난 수박을 받아 들고 떠나가는 가난한 노인의 뒷모습도 만났다. 누군가에게는 입가를, 누군가에게는 배를 채워주던 시냐꾸보 시장… 그곳은 허기진 내 마음과 입맛을 달래 주던 풍요로운 곳이었다.

적 응 의   시 간

인연

불가리아에 도착한 그날, 우리는 위층에 사시는 주인집 할아버지를 만났다. 거동이 조금은 느리고 불편해 보였지만, 할아버지 얼굴엔 푸근한 미소주름이 자리하고 있었다. 그 분과 알고 지내 온 시간은 존재하지 않았지만, 그 주름 뒤에 할아버지의 지나온 세월과 인품을 조금은 짐작할 수 있을 것 같았다.

주인집 할아버지는 새벽마다 시장 근처에서 산양 젖을 사 오셨다. 그리고 어느 날은 불가리아 장수 요구르트 만드는 비법도 알려 주셨다. 그 걸쭉하고 시큼한 할아버지의 요구르트는 특히 아기 콩여시가 잘 먹었다.

할아버지와 우리는 서로에 대한 좋은 느낌으로 의사소통이 웬만큼 이루어졌고, 친정아빠가 계신 3개월 동안, 주인집 할아버지를 우리 집에서 자주 뵐 수 있었다. 게다가 아빠와 할아버지는 보디랭귀지보다 더 효과적인 소통 수단으로 친분을 쌓아 가셨다.

나는 술맛을 잘 모른다. 단지, 우리 할머니께서 만병통치약처럼 늘 애용하시던 판피린이란 감기약의 맛과 닮았다는 것은 안다. 그런 술이 그곳에서 말도 몸짓도 필요 없는 언어수단이 되었다는 사실이 어리둥절할 뿐이다.

불가리아 말이라고는 한마디도 못하시던 친정아빠와 주인 할아버지 사이에서 술은 끈끈한 다리 역할을 하며 아빠가 그곳을 떠나기 전까지 두 분을 오랜 친구처럼 엮어 주었다.

그런데 그것은 그 두 분에게만 일어난 일은 아니었다. 고초라 불리던 윗집 아저씨와 우리 남편의 이야기도 빼 놓을 수가 없다. 어수룩한 저녁이 오면 남편은 슬그머니 집을 나갔다 얼큰해진 몸짓으로 들어오곤 했다. 요상한 휘파람 소리가 마당 한 구석에서 들려오면 남편은 서둘러 아래층으로 내려갔다. 그리고 얼마 지나지 않아 "고초! 고초!" 윗집 아저씨의 이름이 신경질적으로 불려지고, 아주머니의 바가지 긁는 소리가 조용한 저녁 동네에 울려 퍼졌다.

불가리아에 저녁이 오면 동네는 심심할 정도로 한적했다. 저녁이면 상가도 일찍 문을 닫아 버렸고, 텅 빈 거리에는 집 없는 개들만 어슬렁거렸다. 그래서 그 아주머니의 외침이 유난하게 들렸는지 모르지만, 그럴 만도 하겠다는 것을 나는 몇 주가 지나고서야 알게 되었다.

대낮에도 고초 아저씨는 코끝이 벌겋게 달아올라 그 숨어 있는 문구점 앞 평상에서 불가리아 말보다 더 꼬불거리는 말로 홍얼거리며 앉아 있었다. 그러나 우리 남편과 고초 아저씨의 은밀한 만남은 스릴러 영화처럼 아주머니의 말 폭탄 세례를 잘도 빠져나갔다.

햇살 좋은 어느 날, 베란다 난간 밖으로 걸쳐진 줄에 빨래를 널기만 하면 더러운 구정물이 뿌려졌고, 나의 매서운 감시의 눈을 매번 피해 갔다. 문득 아주머니의 얼굴이 떠올랐지만 범

인을 끝내 밝혀내지는 못했다. 덕분에 나는 볕이 좋은 날에도 난간 밖, 목 좋은 줄에 빨래를 널 수가 없었다.

여름내 이런저런 잡다한 이유로 하루가 멀다 하고 드나들던 후배와 그 가족, 그리고 피아노 유학생의 발걸음도 뜸해졌다. 아빠가 계신 동안 그들은 우리 집에서 자주 술잔치를 벌였고, 나는 그들을 물리칠 단호함이 부족했다. 그리고 가끔은, 누군가의 낯이 붉어지도록 거절할 수 없는 내 자신에 대해 속을 끓였다.

추석이 오기 전, 아빠는 한국으로 떠나셨고 우리 집에는 남편과 나 그리고 콩여시의 말소리만 떠다녔다. 그러나 아빠가 안 계신 우리 집에 주인 할아버지의 발걸음은 더 잦아졌고, 때로는 감시처럼 느껴지기도 했다.

우리는 알 수 없는 의문에 빠져들기 시작했다. 그 일에 대해 후배는 공산국가에서 벗어난 지 얼마 되지 않은 사람들의 거친 국민성이라며 친절은 금기라는 당부를 잊지 않았다.

그곳에서 처음 만난 후배에 대해 모교 교수님의 제자란 것을 빼고 그에 대해 아는 것이 없었다. 단지 교수님께 전해 들은 이야기로는 그곳에서 자동차 부품 사업과 유학에 관한 일들을 연결해 주며 성실하게 살아간다는 것뿐이었다. 그러나 나는 후배의 말과 행실에서 교수님의 이야기와는 상반되는 행동을 자주 보게 되었다.

후배는 우리가 그곳에 정착할 수 있게 서류 일이며 학교 입학에 관한 일들을 자기 일처럼 도와주었다. 우리는 그것에 대한 정당한 대가를 지불하기를 원했지만 그는 교수님과의 관계를 내세워 단호하게 거절했다. 그러나 그 도움에 대한 대가를, 우리는 후에 톡톡히 치러야 했다.

포용

불가리아로 떠나기 전, 나는 그곳에 대한 어떠한 그림이나 상상 한 조각 없이 조바심만으로 무작정 길을 나섰고, 그렇게 준비 없이 시작된 유학은 울퉁불퉁 모가 난 길에 접어든 듯 했다. 무엇이 그리 급했는지 후회되기도 하지만 그 지난 일들이 그렇게 나쁜 것만은 아니었다고 가끔은 내 마음을 달래 본다.

유학을 떠나면서 나는 또 다른 인연들을 만나게 되었고 그 인연은 긴장감과 기대감의 맞물림과도 같았다. 그러나 사람에 대한 기대감은 가끔 학교 앞 문구점의 뽑기를 뽑는 일처럼 꽝이 될 때도 있었다. 그리고 그것이 아쉬움보다 더한 상채기를 남길 수도 있다는 것을 알게 되었다. 나는 가끔 기대감에 대해 생각해 본다. 특히 사람에 대해 그리고 나 자신에 대해… 그것에 대한 결론은 없지만 그것들을 놓는 연습을 하는 것도 나쁘지 않다는 마무리로 생각을 접는다.

그곳에서 처음 본 후배와는 전화상으로 대면한 것이 전부였다. 그러나 후배라는 관계가 묘하게도 신뢰라는 바탕을 깔아 주었고 더욱이 모교 교수님이 입이 마르도록 칭찬을 아끼지 않은 이유도 한 몫을 했다.

우리가 그곳에 도착하기 전, 후배는 한국으로 자주 전화를 해 왔다. 가끔은 우리가 국제전화 비용을 걱정해야 할 정도로 말이다. 그는 필요한 서류 외에도 그곳의 불안한 치안 상태나 불가리아 사람들에 대한 주의에 가까운 말들을 건넸다. 그리고 그 말들이 반복되면 될 수록 그곳의 기대감은 두려움으로 변해 갔다. 나는 가끔 그때의 일들이 스쳐 지나갈 때면 긍정의 힘을 가진 사람들이 얼마나 큰 힘이 되는지를, 다시 한 번 생각하게 된다.

출국 일이 가까워 오자, 우리가 지낼 집을 구하는 일로 후배는 더 자주 전화를 해 왔다. 그리고 일 년 치 집세를 미리 내야 계약할 수 있다는 말에 우리는 망설임 없이 일 년 치 집세를 불가리아로 미리 보내게 되었다. 그러나 믿음으로 후배와의 인연을 시작한 우리와는 달리, 후배는 가면을 쓴 얼굴로 우리를 기다리고 있었다.

그곳에서의 첫 여름날이 어수선하게 지나가고 친정아빠는 서울로 돌아가셨다. 그러나 아빠가 돌아가신 후에도 주인집 할아버지는 이유도 없이 시간을 가리지 않고 우리 집 문을 두들겨 댔다. 어느 날은 새벽같이 쳐들어와 방을 모두 훑어보고 나가셨다. 그 일로 후배에게 한 소리를 들은 할아버지는 한동안 보이지 않았다. 나는 조금은 찜찜한 마음과 함께 박사과정에 필요한 시험 준비를 해야 했다.

후배는 그곳에서 석사과정을 오래 전에 끝냈다고 했다. 그리고 피아노를 전공한 그의 가족도, 그곳에서 공부하기 위해 한국에서 오게 되었다. 그 외에 불가리아 국립 음악원에서 석사과정을 끝낸 피아노 유학생도 있었다. 그들 모두는 여름내, 우리 집을 들락거리던 사람들이었다. 게다가 모교 교수님이 후배를 통해 나에게 추천해 준 학교에, 후배는 물론이고 그의 가족과 피아노 유학생 모두가 입학을 앞두고 있었다.

입학 전, 나는 그곳에서 다수의 연주 무대에 설 기회를 가졌고, 그 연주회들 덕분에 그곳 교수님들에게 실기를 인정받았다. 특히 불가리아 국립 음악원의 교수였던, 뻬뜨고 선생님은 먼 나라에서 박사 공부를 하려고 온 외국인 제자에 대해 자부심이 대단하셨다. 그래서 국립 음악원에서 레슨을 받는 날이면, 만나는 이들을 붙들고 내 자랑을 늘어놓으셨다. 그러나 선생님은 간혹 내게 입학하고자 하는 학교에 대해 물으시며 아쉬운 표정을 지어 보이셨다. 나는 그것에 대해 선생님과 나 사이의 원활하지 않은 의사소통 때문이라고만 생각했다.

불가리아 국립 음악원의 분교라서 학비는 조금 더 싸지만 본교 교수님께 똑같이 배운다는 말을 유학 오기 전, 모교 교수님으로부터 들었다. 그분 역시 오래 동안 그곳 불가리아를 수없이 오갔으며 그곳 사정을 잘 알고 계셨다.

그곳의 여름 방학이 거의 끝나갈 무렵, 나는 뻬뜨꼬 선생님의 한국인 제자를 만나게 되었다. 선생님은 한국 발음이 서툴러 그 남학생을 항상 잭슨이라고 불러댔다. 그러면 말이 별로 없던 그 과묵한 남학생은 마이클 잭슨도 아니고 잭슨이 뭐냐며 혼자말로 중얼거리며 피식 웃기만 했다.

잭슨은 그곳에서 꽤 오래 유학 생활을 해 오고 있었다. 그는 어린 나이에도 불구하고 눈치가 빠르고 진중했으며, 그것이 때로는 너무도 지나쳐 영감처럼 보일 때도 있었다. 그래서 첫 만남은 불편하기까지 했다. 어떤 이유에서인지 잭슨은 과묵하게 우리를 관찰하듯 보였기 때문이다. 그러나 그가 우리에게 보냈던 눈초리는 그의 그런 성격을 뒤로 하고도 후배를 통해 왔다는 이유도 한몫했다. 그것은 잭슨만이 아니었다. 그곳에서 처음 만난 한국인들은 호감을 표하기보다는 꺼려하는 눈빛으로 우릴 대했다.

잭슨은 가끔 레슨 시간에 들어와 말이 한참 부족한 나와 빼뜨꼬 선생님 사이에 다리 역할을 해 주었다. 그렇게 후배의 우려도 뒤로한 채, 우리 가족은 그곳 사정을 잘 아는 또 다른 한국인을 만나게 된 것이다.

입학 서류의 공증이 끝나고 입학하려 했던 학교로 서류와 입학금이 넘어 가기 전날, 우리는 한 통의 전화를 받았다. 먼 나라까지 와서 좋은 학교를 두고 삼류 학교에 가려 하냐는 전화였다. 분명 내가 가고자 하는 학교와는 다른 학교라는 이야기였다. 뻬뜨꼬 선생님의 물음이 그때서야 떠올랐다.

그 당시 모교 교수님에 대한 믿음이 컸기에, 뻬뜨꼬 선생님의 질문들이 귀에 들어오질 않았다. 그러나 다행스럽게도 나는 제자리를 찾았고, 불가리아 국립 음악원에 지원하게 되었다. 내 입학 서류 일을 도왔던 후배는 무척 못마땅해 보였지만, 나는 그 일에 대해 그저 짐작만 할 뿐이었다. 그곳에서 외국인 학비는 비싼 편이었으며, 유학생들이 많으면 많을수록 학교 재정 형편에 큰 도움이 된다는 사실을 나중에서야 알게 되었다.

그 일이 터진 후에도, 후배는 포기하지 않고 우리에게 전화를 해댔다. 그리고는 끊임없는 설득과 독설로 모든 일들을 돌려놓으려 했다. 그 후, 피아노 유학생도 신생 학교 입학을 취소했다. 결론적으로 입학하기로 했던 후배의 집사람도 후배도 모두, 그 학교에 가지 않았다.

나는 그런 혼란을 겪고 깊은 겨울이 오기 전, 한국으로 다시 돌아와 한 달을 머물렀다. 그리고 꼭 한 번은 모교 교수님에게 입학에 관한 일들을 물어보고 싶었다.

나는 다시 모교를 찾았고, 그간의 일들을 교수님께 말씀드렸다. 나는 그저 사실을 알고 싶을 뿐이었고 스승님이라 여겨왔던 분의 솔직한 말 한마디를 듣고 싶을 뿐이었다. 그러나 당황스럽게도 교수님은 들어보지도 못한 일처럼 말씀하셨다. 플로브디브^{Пловдив}란 지방 도시에 있는 대학인 줄 알았다며, 어느 학교가 뭐가 중요하냐고 말씀하셨다. 그곳을 잘 개척해 놓으면 방학 때 학생들을 보내려고 했다는 말씀도 덤으로 하셨다.

유학을 떠나겠다고 모교 교수님을 찾아뵙던 것이 몇 년 전의 일도 아니고 겨우 네 달이 조금 지났을 뿐이었는데, 누군가를 믿는다는 것은 오직 내 몫이었다. 돌바닥에 내던져진 유리병처럼, 스승에 대한 믿음은 그 순간 산산조각이 나버렸다. 그 일에 대해 날 위로하던 친구의 말이 떠오른다. 교수님도 사람이라고. 그렇다면 나는 스승이란 허상을 믿었던 것일까. 그러나 나는 사람다움을 믿고 싶다. 적어도 노력은 해야 되지 않을까. 나는 그날 이후, 다시는 모교에 가지 않았다.

나는 다시 불가리아로 돌아갔고, 국립 음악원 입학 준비를 했다. 후배와는 다시 만나고 싶지 않았지만, 우리에게 빌려간 돈 문제와 우리도 몰랐던 집세에 관한 일들로 우리는 한동안 후배를 봐야만 했다.

불가리아에서의 첫 봄이 지나가고, 나는 우여곡절 끝에 불가리아 국립 음악원 박사과정에 합격하게 되었다. 그러나 후배와의 일들은 발바닥에 들러붙은 껌 딱지 마냥, 긴 시간 우리를 귀찮게 했다.

그동안 뜸했던 주인집 할아버지가 다시 우리 집 문을 두들기기 시작했다. 그러다 어느 날, 할아버지와 할머니는 복덕방 아주머니와 함께 우리 집으로 쳐들어왔다. 그리고는 예전과는 다른 표정과 말투로 나를 두들겨 댔다.

나는 잭슨과 그곳에서 만난 선교사의 도움을 받게 되었고, 집세가 월세라는 사실도 처음 알게 되었다. 후배가 우리에게 받은 일 년 치 집세는 이미 사라져 버렸고, 우리 몰래 주인집 할아버지를 자신의 가게로 불러 집세를 주다가 밀리게 된 것이었다. 그렇게 거짓이 드러났지만 모든 것이 제자리로 돌아가기에는 어려워 보였다.

할아버지와 우리 사이의 모든 오해는 풀렸지만 서로간의 믿음은 금이 갔고 마음이 상한 후였다. 그리고 할아버지의 눈에는 이미 의심이란 안경이 씌워졌고 한국 사람들 모두가 비슷하게 각인되어 버린 듯 했다. 그 누군가가 심어 준 불신 덕분에 우리가 그 집을 떠나가는 날까지 첫 만남의 훈훈함은 사라져 버렸고, 서먹한 이별만이 기다릴 뿐이었다.

몇 년간 그때의 일들이 불쑥 솟구칠 때면 '그들과 나 사이의 도덕적 기준에 차이는 아니었을까' 라는 나만의 방식으로 분을 달랬다. 시간이 가고 그 일들이 점점 더 멀어지자, 분도 점점 사그라들었다. 그 모두가 내 선택으로 일어난 일들이란

것을 인정하게 되자, 마음이 차츰 편해져 갔다. 다행히도 시간
이 가면 갈수록 그때의 일들이 물에 물 탄 듯 희미해져 간다.
어쩌면 내 기억에서 이미 잊혀 져 가는 사람들이 되어 버린 것
은 아닐까.

어떤 이들은 함께 하는 것만으로도 행복감을, 자신감을 주
는가 하면, 어떤 이들은 주변 사람들을 힘들고 사납게 만들기
도 한다. 돌아보면 큰일도 아니었는데, 그 속에 있으면 그것이
전부처럼 생각되어질 때가 있다. 그러나 나 자신을 잃지 않은
것이 얼마나 다행한 일인가.

시간이 간다는 것은 내가 나이를 먹어 가고 정신이 익어 가
는 것인데, 누군가를 이해하고 받아 준다는 것 '포용' 이 말이
내게는 어렵다.

그리움

풀어진 수도꼭지를 타고, 양동이의 끝을 타고 물이 끊임없이 흘러 넘쳐나도 물끄러미 그것을 바라만 본다. 그곳에 도착후, 몇 달 간은 나의 그리움도 그렇게 차오르다 넘쳐흘렀다. 그러나 나는 그것을 멈출 아무런 노력도 할 수가 없었다.

잠자리에 들 시간이 돌아오면 어김없이 그리운 가족들이 떠올랐다. 깊고도 달콤한 숨소리만 떠다니는 밤의 고요가 우리 집에도, 동네에도 내려앉았다. 침실 창가에 기대 선, 나무 그림자만이 분주하게 움직거리는 밤이었다. '밖에 무슨 일이 일어나고 있는 걸까?' 낯선 불가리아의 밤이 창가에 차오르면 나무들이 바람에 휘감기는 소리가 점점 또렷하게 들려 왔다. 이불 속에 얼굴을 파묻어 보지만 나의 그리움은 주체할 수 없이 몰려왔고, 긴 밤을 서성거리게 만들었다. 밤의 색이 흩어지고 새벽의 연푸른빛이 창가에 스며들면, 나는 간밤의 서성임을 겨우 놓고, 짧고도 깊은 새벽잠에 빠져들었다.

우리가 도착한 지 석 달이 지나고, 친정아빠는 서울로 돌아가셨다. 그때까지도 서울에 있는 가족들과의 헤어짐이 어제의 일처럼 생생한데 그곳에 덜렁 남은 우리 셋은 서울로 떠나가시는 아빠의 모습을 놓기가 싫었다. 우리는 공항 2층 라운지 창가에 달라붙어 한 점이 되어 먼 하늘로 사라지는 비행기를 바라보았다.

정들었던 이들과의 헤어짐은 왜 이렇게 마주하기가 싫은 걸까? 이별에 따른 감정은 나이를 먹어 가면 갈수록 같이 커져 가는 것 같다. 그리고 어느 순간, 나는 만남과 동시에 이별을 두려워하게 되었다.

어릴 적, 외할머니와의 일들이 떠오른다. 할머니는 대전에 계셨던 친정어머니, 나에게는 외증조 할머니를 한동안 돌보시느냐 서울과 대전을 오가며 지내신 적이 있었다. 할머니가 우리 집에 오셨다 가시는 날에는 아침부터 모든 것이 우울했다. 그리고 할머니가 집을 나서서 버스에 오르면, 나는 길가에 주저앉아 멀어져 가는 버스 뒤꽁무니를 바라보다 참았던 울음보를 터뜨렸다. 그러면 어김없이 짜증이 극에 달한 엄마의 얼굴이 다가왔고, 나는 집으로 질질 끌려 들어갔다. 어느 날은 그런 내 모습을 차창 너머로 안쓰럽게 보시던 할머니가, 차마 길을 떠나시지 못하고 되돌아오신 적도 있었다.

아빠와의 헤어짐도 큰 구멍이 뚫린 듯 했다. 아침이면 들려오던 아빠의 휘파람 소리도, "하부! 하부!" 하며 할아버지 뒤를 뒤뚱거리며 따라다니던 콩이시의 앙증맞은 목소리도 사라지고, 보이지 않는 텅 빈 자리는 점점 커져만 갔다.

우리가 불가리아에 머문 동안 가족들과 친구들, 내가 자라난 곳에서 정들었던 모든 것들과의 헤어짐은 시간의 흐름과는 상관없이 희석되지 않았다. '시간이 가면, 나는 다시 가족과 친구들이 있는 그곳으로 돌아가겠지.' 그렇게 나를 위로했다. 그러나 그리움은 의식 없이 차곡차곡 내 안에 쌓여 갔다.

　박사과정을 모두 끝내고 학위증이 나오기 전까지, 나는 방구석에 놓인, 인형처럼 하루하루를 보냈다. 그리고 어느 날, 우리 할머니와 가족들이 있는 집으로 돌아왔다. 그 동안의 긴장이 풀렸는지 나는 몇 날 며칠을 정신없이 잠만 잤다.
　'언젠가는, 또 다른 헤어짐으로 그 누군가를 그리워하는 날이 오겠지.' 그런데 나는 아직까지도 헤어짐에 단련되어 있지 않다.

그곳에
우리 가족이
머물렀다.

나 는   학 생 이 다

우리 학교

우리 학교는 불가리아 최고의 음악학교이며, 작곡가의 이름이 붙은 불가리아 국립 음악원 'Prof. Pancho Vladigerov'라고 부른다.

학교 건물은 구관과 신관으로 나눠져 서로 멀리 떨어져 있다. 구관은 소피아 시내로 들어가는 길목의 가까운 곳에 위치하고 있고, 그 주변은 크고 작은 건물들이 다닥다닥 모여 있었다. 그곳은 주로 성악과 지휘, 이론 강의가 있었고, 학교 행정을 담당하는 부서들과 총장실, 그리고 지하에는 학교 식당이 있었다. 제법 큰 빌라 같은 건물로, 일층 입구에 들어서면 아담하고 따뜻한 콘서트홀이 사람들을 맞아 주었다.

나는 입학 전, 그 홀에 상주해 있는 아카데미 심포니 오케스트라와 협연을 하거나 앙상블 연주를 통해, 그곳에 자주 서는 행운을 잡기도 했다. 입학 후에도 그곳에서 많은 연주회를 가졌다. 친구들이나 교수님 연주가 있는 날에는 누구의 간섭도 받지 않는 이층 발코니에 턱을 괴고 앉아 자유롭게 연주를 감상했다.

나는 대부분의 시간을 신관에서 보냈지만, 일주일에 두세 번은 불가리아어 수업과 지휘 수업을 받으러 구관을 오가며 지냈다. 학생들은 모든 이론 수업을 그곳에서 들어야 했고, 오가는 친구들을 심심치 않게 만날 수 있었다. 가끔은 분주한 점심

때를 맞추기라도 하면, 친구들의 손에 이끌려 지하에 있는 학교 식당으로 갔다. 식당은 정해진 시간에만 칼같이 문을 열고 닫았다. 그곳에서 만들어진 음식에 대해 청결하다거나 맛나다는 평은 결코 해 줄 수는 없지만, 저렴한 가격으로 식당은 언제나 허기진 사람들로 그득했다.

신관은 기악 실기 강의실과 학적부 그리고 아주 작은 콘서트홀 'D. Nenov'와 아담한 매점이 모여 있는 곳이었다. 학생들은 하루에도 몇 번씩 신관과 구관 사이를 트람바이трамвай를 이용해 바쁘게 오가며 강의를 들었다. 나 역시 구관에서 수업이 있는 날이면 타임머신과 같은 트람바이에 올라탔다. 교과서에서 보았던 그 전차에 올라 탈 때면 흑백사진 속에 들어앉은 느낌이 들었다. 그러나 가끔은 구관으로 향하는 친구들과 함께 한가로운 골목길을 따라, 어느 집 담장을 따라 수다를 떨며 부지런히 오갔다.

트람바이가 멈추는 시냐꾸보 시장 앞 정거장에 내려, 나지막한 아파트 단지의 끝자락을 따라 몇 걸음만 세어 가면, 공터 안쪽에 묵직하게 자리 잡고 있는 네모진 콘크리트 건물을 만날 수 있었다. 허름했던 외관과는 달리 신관에는 모차르트의 열정을 닮은, 젊은 예비 음악가들이 바글거리던 곳이었다.

현관문을 통과하자마자 왼쪽으로 철창이 덧대어진 커다란

유리창을 볼 수 있다. 그 너머로 전구 불빛이 불그레하게 들여다보이는 곳이 경비실임을 알 수 있다. 그곳은 반지하 같은 일층으로 늘 아늑한 빛이 세어 나왔다. 커다란 창문 아래로는 노트북만 한 크기의 움직이는 작고 실용적인 창이 달려 있었는데, 그 창의 손잡이는 경비 할아버지의 손에 잘 길들여져 반질거리기까지 했다. 그곳에 방문자의 얼굴을 내밀면 두툼한 돋보기안경을 콧등에 걸쳐 쓴 경비 할아버지도 함께 고개를 내밀었다.

할아버지는 그 작은 창에 딸린 맞춤형 막대기로 창을 들었다 내렸다 하시며 방문자들이 제시한 신분증을 꼼꼼히 확인한 다음, 기록지에 시간과 이름을 눌러 쓰신 후에 강의실 열쇠를 획 하고 창 너머로 던져 주셨다. 나는 그 창을 '겸손의 창'이라고 이름 지었는데, 그곳을 통과하려면 학생들도, 교수님들도 모두가 경비 할아버지께 허리를 숙여야만 했기 때문이었다.

또 하나의 유리문을 열고 들어서면 바로 위층으로 연결되는 계단이 나오고, 왼쪽으로 고개를 돌리면 반지하의 어둡고 비좁은 복도가 이어졌다. 그 복도를 따라 화장실과 개인 피아노 교습소, 생뚱맞은 치과가 쪼르륵 붙어 있었다. 나는 무심하게도 한 학기가 끝나갈 때쯤에야, 그 방들을 알아차렸다.

맞은편에는 오르간이 있는 두 개의 커다란 레슨실과 그 줄을 따라 재즈 홀과 아주 작은 연주 홀(D.N)이 기억자로 붙어 있는 넓은 공간을 만날 수 있다. 연주 홀의 맞은편 가장자리에는 아주 아담한 매점이 있었는데, 우리 학교 학생들과 교수님들, 그리고 근처에 있던 수의학교 학생들이 자주 들락거리던 곳이었다. 나는 그곳에서 시큼한 불가리아 치즈인 씨레네가 들어 있는 '바니짜'란 빵과 꿀을 넣은 들국화 차를 즐겨 사 먹던 단골이었다.

이층에는 우리 빼뜨꼬 선생님의 담당 강의실이 있었고, 앞방 디미트로브 교수님과 우리 선생님이 마주 서서 농담을 주고받던 넓은 복도가 있었다. 2층과 3층은 클래식 전용 층이어서 재즈 전공 학생들은 사용할 수가 없었다. 가끔 학생들이 불가리아 식 뽕짝, 촬가чалга를 재미삼아 소리 내기라도 하면 바순 강의실에 계시던 발차노프 교수님이 벌겋게 화가 오르신 얼굴로 금세 들이닥치기도 했다.

특이하게도 음악관에는 교수 연구실이 없었다. 단지 악보를 보관해 둔 교수님들의 개인 사물함만이 강의실 구석에 덩그마니 놓여 있을 뿐이었다. 각 방들은 담당 과목과 강의 시간이 정해져 있을 뿐, 그 시간을 피해서만 연습실로 사용할 수 있었다. 그래서 이른 아침과 수업이 끝나는 저녁 시간 외에는 학생들이 방을 사용하기란 쉽지 않았다. 특히 음색이 좋은 그랜드 피아노가 놓인 방을 차지하려는 피아노과 학생들의 경쟁은 치열했다. 악기를 짊어지고 다녔던 나에게는 다행한 일이었지만, 피아노와 함께 연습하는 날이면 나 역시 피아노 방을 찾아 이리저리 뛰어다녀야만 했다.

학교의 이런저런 사정을 몰랐던 입학 초기에는, 연습실이 나기만을 기다리며 매점과 경비실을 수없이 오가며 하루해를 넘긴 적도 있었다.

우리 학교에는 외국인 학생들이 많지는 않았지만, 하루도 빠짐없이 경비실의 그 희한한 창구에 얼굴을 들이대는 학생도 별로 없었다. 덕분에 그 엄한 경비 할아버지의 신임을 얻어, 수업이 정해져 있지 않은 방을 독차지할 수 있었다. 피아노가 없는 방이었지만 늘 악기 가방에 노트북과 책 보따리를 지고 다녀야 했던 나에게는 특급 호텔 방이 부럽지 않았다. 가끔은 피아노가 없어 불편했지만 일찌감치 방을 맡아 들어앉아 있으면 경비 할아버지에게 어색한 웃음으로 눈치 볼 일도 없었고, 이 방 저 방을 전전하며 보따리를 쌌다 풀었다 하는 일도 없었다. 게다가 방을 구하지 못한 피아노과 친구들이나 클라리넷 동료들이 내 방에 잠시 쉬었다 가거나, 짐을 맡겨 놓기라도 하면 인심까지 쓸 수 있었다.

내 방, 303호가 있던 4층은 가장 신나는 악기들을 모아놓은 곳이었다. 그 층에는 재즈와 금관악기 수업을 담당하는 방들이 조르르 붙어 있었다. 학기말 시험이 다가오면 재즈밴드의 소리는 하루 종일 음악관을 들썩이게 했다. 나는 재즈과 친구들과 종종 이야기를 나눌 수 있었는데, 마스터 클래스나 재즈 연주가 있는 날에는 친구들이 잊지 않고 나에게도 알려 주었다.

밍밍한 오후가 되어 눈꺼풀도 기력을 잃어 가고 끊임없이 같은 줄을 반복해서 책이 읽혀질 때면, 나는 재즈 연습이 한창인 301호 문을 두들겼다. 그들은 언제나 나를 환영해 주었다. 그곳에는 턱수염이 멋졌던 콘트라베이스 친구, 몸집이 커서 피아노가 장난감처럼 느껴졌던 친구, 클래식 연주의 긴장감을 못 이겨 재즈 색소폰으로 전공을 바꾼 토도르도 있었다. 이제는 그들의 이름들도 점점 희미해지지만 그들만의 자유로웠던 연주로 들썩이던 우리 학교가 있었다.

학교 앞 계단에서
피아노과 고수님과 공여시

303호에 걸린

풍경화

학교는 이른 아침 6시에 문을 열어 밤 9시면 문을 닫았다. 나는 4층에 있는 내 방 303호가 생긴 뒤로 그 정해진 시간과 함께 학교를 벗어나는 일은 거의 없었다. 그러나 그 작은 공간은 나에게는 보물창고 같은 곳이었다.

집에서 학교까지는 빠른 걸음으로 이삼십 분 정도면 충분했다. 아침이면 악기와 노트북 가방, 책 보따리들을 잔뜩 짊어지고 4층에 있는 내 방까지 달려가곤 했다. 언제나 나는 헐떡이는 숨과 함께 303호 앞에 멈춰 섰다. 경비 할아버지에게 건네받은 열쇠로 삐걱거리는 이중문을 여는 동안에도 내 다리는 계속해서 걷는 느낌이 났다.

밤사이 가라앉아 있던 회벽 냄새가 뿌옇게 코로 들어왔다. 나는 가방을 내려놓기도 전에 커다란 유리창문으로 달려갔다. 무거운 손잡이를 아래로 힘겹게 잡아당기면 그 묵직한 창문은 둔탁한 소리와 함께 철커덕 스르르 열렸다. 그 창은 자연과 내가 이야기를 주고받던 아주 특별한 문이었다.

시내 호텔을 끼고 있던 카페 생각이 났다. 길 쪽으로 난 창을 따라 대문짝만 한 풍경화들이 걸려 있던 그곳은, 지나가는 사람들의 시선을 잠시잠깐 빼앗아 가는 곳이었다. 내 방의 커다란 창문에도 풍경화가 걸렸고, 시간은 또 다른 풍경들을 바꿔 가며 걸어 주었다.

창밖으로 고개를 내밀기도 전에 푸른빛의 신선한 아침 공기가 얼굴에 와 닿았다. 멀리 옹기종기 모여 앉은 자작한 집들 사이로, 풍성한 나무 머리가 초록의 솜뭉치를 박아 놓은 듯 보였다. 그 위로 잔잔하게 펼쳐진 이른 아침의 연푸른 하늘빛은 마치 나에게만 허락된 풍경들 같았다. 그래서 언제나 그 오묘한 아침의 풍경을 놓칠 수가 없었다. 그러나 그 시간도, 풍경도 아주 잠시 뿐, 차츰차츰 낮볕에 흩어져 버렸다.

어깨를 짓누르고 있던 가방을 벗자마자, 나는 늘 똑같은 통증으로 몇 초간은 움직일 수가 없었다. 짓눌린 살들이 제자리로 돌아올 시간이 필요했다. 아니면 몸을 마구 비틀어 줘야 했다.

그날의 계획으로 들어가기 전, 나는 언제나 꿀을 탄 들국화차나 달큰한 커피로 한 숨을 쉬어 갔다. 매점에는 붉은 전등이 이른 아침을 밝히고 있었다. 방금 전, 대걸레질이 막 끝나고 물에 젖은 시멘트 냄새가 이른 아침이란 걸 알려 주듯 매점 바닥에 시원하게 퍼져 있었다. 언제나 그곳의 아침 공기는 일터로, 학교로 일찌감치 집을 나선 사람들이 드문드문 올라탄 새벽 버스안의 공기 같았다. 나는 매점 할머니, 바바가 타 주신 뜨끈한 국화차를 손에 들고 조금은 진정된 기분으로 다시 계단을 타고 올라갔다.

좀 전의 회벽 냄새는 어디론가 사라지고 신선한 아침 공기가 내 방을 가득 채우고 있었다. 언제나 그 아침 공기에선 이슬에 젖은 풀잎과 나무껍질 냄새가 촉촉한 흙냄새에 섞여 아른거렸다.

나는 부지런히 악기 통에서 리드를 빼어 물고는, 클라리넷 조각들을 집어 조심스럽고도 재빠르게 그 조각들을 끼워 맞추었다. 간간히 들려오는 한 줄기의 피아노 소리가 또렷하게 들려왔다. 손을 풀고 있는 듯 했다. 피아노의 음계는 마치 운동선수들이 계단을 오르내리며 몸을 푸는 것처럼 들려왔다.

다른 악기 소리들이 하나하나 더해지기 전에 얼른 클라리넷을 입으로 가져갔다. 나는 언제나 감7화음을 펼쳐놓은 음계를 즐겨 했고, 나 역시 그 계단을 바쁘게 오르락내리락하다 보면 어느새 마지막 음을 길게 늘어뜨리고 있었다. 침이 뚝뚝 떨어지는 클라리넷을 수건으로 쓱 닦아내고, 두 번째 숨을 쉬어 갔다.

바바의 들국화 차는 어느새 뜨끈한 기운을 잃어버리고, 불어 버린 봉지 틈으로 가루들이 새어 나와 밑바닥에 얌전히 가라앉아 있었다. 쌉쌀해진 차 한 모금을 넘기자 내 몸의 근육들이 단단해진 느낌이 들었다. 멀리서 연습실 문 여는 소리가 짧게 들려오고, 나는 잘 다듬어진 클라리넷 소리와 함께 그날의 계획 속으로 들어갔다.

오전 연습이 서서히 끝나 갈 때쯤이면, 하나둘씩 모여든 친구들로 음악관은 거리의 밴드마냥 시끌벅적해졌다. 창밖의 연푸른빛도 어느새 사라지고, 뿌옇게 달아오른 한낮의 볕이 창문 가득 퍼져있었다.

전공 수업이나 실내악 수업이 있는 날에는 빼뜨꼬 선생님 방이나 게오르기타 선생님 방을 기웃거렸다. 구관의 수업이 없는 날에는 회벽에 길게 붙어 있는 책상에 앉아 논문 작업을 하는 것이 보통의 일과였다.

나는 키릴문자와 비슷한 음절의 영문자를 익혀야 했다. 피아노과 친구인, 안드레이 덕분에 영문 자판에서 키릴문자를 익힐 수가 있었다. 그러나 그 작업은 더디게 진행되었다. 익숙하지 않은 자판 덕분에 지웠다 쓰기를 수차례 반복해야 겨우 한 문장이 완성되었다. 몇 시간이 훌쩍 지나고, 어느새 친구들의 악기 소리도 멀리 지나가는 꼬마 기차의 기적 소리처럼 아득하게 들려왔다.

태양은 벌써 음악관 꼭대기로 올라가 사방에 지루한 빛을 뿌려댔다. 다리가 묵직하게 굳어진 느낌이 났다. 벌떡 일어나 창가로 가, 틀어진 몸을 이리저리 마구 흔들어 보고 기지개도 켜 보았다. 잠시 창틀에 턱을 괴고 드문드문 줄지어 서 있는 나의 키다리 미루나무를 쳐다보거나 음악관을 향해 걸어오는 친구들에게 손을 흔들어 주었다. 수업이 없는 한낮에는 뭉게구름도 미루나무 꼭대기에 한동안 머물러 있다 떠나갔다.

삐거덕 문 여는 소리, 그 지루한 한나절의 맥을 끊어 버리는 소리와 함께 베스나의 얼굴이 삐죽 문에 걸렸다. "점심 먹었어?" 그 소리만큼 반가운 노래는 없었다. 우리는 신나게 계단을 타고 내려갔다. 대부분은 바바의 매점에서 점심 끼니를 때우지만, 아주 가끔은 베스나의 손에 이끌려 학교 앞 큰길가에 있는 허름한 햄버거 가게로 갔다. 벌써 사람들이 줄을 지어 서 있었다. 우리 학교 학생들도, 수의학교 학생들도 간간히 눈에 띄었다.

두터운 입이 쩍 벌려진 빵 속에 마구 다져진 양배추와 시커먼 재를 묻힌 기다란 케밥체 ^{кебапче}란 고깃덩이가 튀어나올 정도로 끼워지면, 누런 냅킨에 둘둘 쌓여 700원도 안 되는 돈에 팔려 나갔다.

나는 베스나와 함께 점심거리를 들고 내 방에 앉아, 그 큰 고기 빵의 엉덩이를 한입 크게 물어뜯고는 서로의 모습에 깔깔거렸다. 가끔은 그 친구를 떠올리면, 그 먼 땅에서 마음이 맞는 친구가 옆에 있었다는 것에 감사한다. 푹신한 구름 뭉치를 껴안은 파란하늘 같은 친구.

어느덧 즐거운 점심시간도 끝나고, 오후의 수업도 끝나갈 때쯤 하나 둘씩 사라지는 친구들의 악기 소리에 나는 다시 고개를 돌려 창밖의 하늘을 바라보았다. 볼그레한 노을빛이 구름을 타고 다가오고 있었다. 창밖으로 내민 손바닥 위로 포근한 분홍빛이 만져졌다.

이른 아침은 아침대로, 희미한 한낮은 그런대로 또 지나가고, 집으로 돌아갈 시간이 오면 친구들은 저녁 끼니를 때우러 하나둘씩 먼 기숙사를 향해 또 멀어져 갔다. 베스나도 문을 빼꼼히 열고 작별 인사를 하고 가버렸다.

따뜻한 저녁 등불이 303호에 비추었다. 나는 매점 문이 닫히기 전에 저녁 거리를 사러 바바의 매점으로 내려갔다. 빵들은 거의 다 팔려 나가고 빗자루를 든 바바는 나뒹구는 플라스틱 컵과 종이 쓰레기들을 주워 모으며, 홀 구석구석을 바쁘게 오갔다. 바바가 남겨 주신 바니짜와 달달한 커피가 담겨진 플라스틱 컵을 조심스럽게 움켜지고, 조금은 무거워진 다리로 계단을 또 올라갔다. 다시 내 방 303호에서 마무리 공부가 시작되었다.

깜박깜박 소피아의 소박한 등불들이 하나둘씩 눈을 뜨면, 차분한 밤이 연습실 창가에 내려앉았다. 나는 다시 클라리넷을 꺼내 들었다. 멀리 반짝이는 불빛을 따라 브람스도, 슈만도 밤하늘을 여유롭게 떠다녔다. 아무런 걱정도, 잡념도 그 하늘을 침범하지 못했다. 투명한 밤하늘에 내 클라리넷 소리와 친구들의 악기 소리만 너울거렸다.

나는 내 방의 커다란 창문에 걸린 풍경화 속에서 생생한 사계절을 만났다. 자연은 늘 303호 창문을 두드렸고 그곳에 있었다. 봄이 되면 잔잔하고 따뜻한 기운이 열려진 창틈을 따라 들어와 내 마음을 살랑거리게 했다. 그 풍경화가 걸리면 창을 활짝 열고, 현악 친구들과 둥글게 모여 앉아 모차르트의 '클라리넷 오중주' 곡 연습을 했다. 따사로운 봄의 햇살에 업혀 우리의 음악은 창밖으로 둥둥 떠나갔다.

학교 옆, 어느 집 화단에는 키가 큰 보랏빛 꽃들이 마치 우아한 드레스를 걸친 숙녀들처럼 고귀하게 한들거렸다. 연초록의 잎들이 뾰족뾰족 미루나무 등을 타고 돋아 나오면 어느새 가지 사이사이로 허옇게 구슬만 한 솜뭉치들을 피어냈다. 그러다 어느 날은 길 잃은 비행으로 내 방 창문 틈으로 날아들어 내 콧등에 살그머니 올라앉았다. 잠시 들린 베스나는 그녀를 따라 폴짝거리는 솜뭉치에 빨갛게 불거진 코를 연실 훌쩍거리다 귀찮은 듯 휙 나가버렸다.

학교 앞, 작은 계단 틈 사이로 이름 모를 풀들이 눈치 챌 수 없게 한 뼘만큼 키가 커져 갔다. 어느새, 나지막한 집들은 초록 잎에 파 묻혀 빨간 지붕만 빠끔거렸다.

여름의 초입새에 들어서면 창문 턱 가까이 잿빛 구름들이 빼곡히 들어차는 날이 많았다. 우글거리는 천둥소리와 칼날 같은 번개들이 눈앞에 내리꽂히는 날에는 후드득후드득 굵은 빗방울들이 날카로운 단락을 연주하는 드럼처럼 양철 지붕을 신나게 두들겨 댔다. 그 소리에 친구들의 악기 소리는 점점 묻혀 갔고, 음악관에는 정적이 맴돌았다. 모두들 창가에 매달려 있는 듯, 그 순간만큼은 자연의 연주를 누구도 방해하지 않았다. 창밖의 미루나무도 휘몰아치는 소리와 함께 이리저리로 높게 뻗은 팔들을 마구 비틀어 댔다. 마치 사물놀이패가 휘몰아치며 판을 벌이는 듯 들려왔다.

어딘가를 향해 부글부글 끓어오르던 여름날이 차츰차츰 사그라지고 차분하게 가을이 다가왔다. 나뭇잎 바스락거리는 소리가 점점 화려해지면, 나는 클라리넷 리드를 고르는 데 민감해진다. 늘 악기를 불기 전 입에 물고 촉촉한 상태를 만들고 연습을 시작하지만, 가을이 오면 풀 껍데기처럼 바싹 말라 가는 리드가 까칠하게 변덕을 부릴 때가 있다.

미루나무의 이파리도 하나둘씩 살금살금 땅 위로 노랗게 내려앉고, 한결 가벼워진 나무는 높고 푸른 하늘 아래서 하모니카 소리를 냈다. 학교 앞, 큰길가에 서 있던 너도밤나무는 토실한 알밤들을 길바닥에 쏟아냈다. 그렇게 풍요로웠던 가을날의 화려함은 늘 아쉬움을 남기며 겨울의 잿빛에 스며들어 갔다. 사람들의 눈길도 힘없이 그들의 발등에 떨어져 있는 듯 보였다.

창밖 멀리, 희뿌연 연기가 낮은 집들 사이를 기웃거리다 사라졌다. 메케한 나무 탄 냄새는 어느새 내 긴 생머리를 감싸고 돌았다. 방 한 곁에 봄, 여름, 가을 내내 졸고 있던 투박한 히터에서 팅팅 쭈르륵 물 돌아가는 소리가 한바탕 요란스럽게 울려대면, 멀리 보이는 집들 사이사이로 새어 나온 불빛들이 더 선명하게 따끈한 빛을 품었다. 그렇게 겨울의 풍경화가 걸리면 나의 클라리넷 소리도 303호에만 머물러야 했다.

흙빛이 도는 클라리넷은 마치 에너지가 흐르는 생명체처럼 온도에 민감하다. 그래서 더운 여름날에도 추운 겨울날에도 아이처럼 잘 보살펴 주어야 한다. 잠시 한눈을 팔면 나무 몸통에 실금이 가버린다. 여름에는 뜨거운 볕을 피해 주고, 깡마르고 냉한 겨울이 오면 클라리넷을 품속에 품거나 호호 입김을 몸통에 불어넣어 준다. 그러면 따듯한 소리를 품어 준다. 그래서 303호의 창문은 겨울이 오면 입을 꼭 다물었다.

겨울의 어느 날, 매서운 바람이 창문을 두드리다 가을날의 흔적들을 전부 쓸고 가버렸다. 그러다 포실한 눈가루들이 여름 내내 뙤약볕에 일그러지고 터진 양철 지붕을 푸근하게 덮어 주었다. 머리 위에 하얀 눈을 한가득 이고 지나가는 친구들의 모습이 보였다. 그들은 겨울이 오면 눈 모자를 쓰고 다녔다. 갓을 수줍게 눌러 쓴 학교 앞 가로등의 볼그레한 불빛 아래로 소담스럽게 날리던 연분홍빛 눈송이를 보며, 허옇게 밝아진 길을 따라 나는 집으로 향했다.

시계 속에 갇힌 초바늘처럼, 나는 매일매일 똑딱거리며 달렸고, 303호에 걸린 계절은 작은 바늘처럼 가는 듯 서 있는 듯 지나갔다.

나는 그곳에서 동료들과 모여 제일 좋아하는 모차르트 '클라리넷 오중주'도, 브람스 '클라리넷 오중주'도 터질 것 같은 들뜬 마음으로 악기를 불어댔다. 가끔은 그 벅참이 클라리넷을 물고 있던 입모양을 흩트려 놓아, 입 주변의 근육이 실룩거리기도 했다. 연습이 끝나면 구부정히 앉아 꼭꼭 모이를 쪼는 새처럼 열심히 논문을 쓰는 데 몰두했다.

여름날에는 친구 베스나와 학교 앞 시냐꾸보 시장에서 산체리들을 주워 먹으며 전날의 연주회로 수다를 떨기도 했다. 때로는 서울에 계신 할머니와 엄마 생각이 꼴깍꼴깍 목구멍에 차오르면, 나는 내 방 창틀에 기대어 하늘 끝머리에 가족의 얼굴을 그리며 마음을 달랬다.

양철 지붕을 때리던 빗방울 소리도, 지붕 위를 쉼 없이 돌아다니던 비둘기들의 한가한 발자국 소리도, 끊임없이 미루나무와 바람이 만나던 소리도, 연푸른 새벽하늘을 마음껏 날아다니던 그 작은 새들의 조잘거림도, 창문을 끊임없이 두드리던 겨울바람 소리도, 지붕 위에 차곡차곡 소담스럽게 쌓여 가던 눈송이 소리도… 이 모두가 내게는 참 벗이었으며 특별한 스승이었다.

지금도 눈을 감으면 내 방 303호 창 너머로 바람이 키다리 미루나무를 만지작거리며 지나는 풍경이 아른거린다.

학교 앞, 주택가의 풍경

빼뜨꼬 선생님과
클라리넷 반 학생들

빼뜨꼬 선생님을 처음 만난 것은 음악 CD 속의 연주자로써였다. 그리고 나는 그 CD 속의 이대팔 가르마를 하신 할아버지 연주자가 나의 선생님이 될 거라고는 단 한 번도 생각해 본적이 없었다. 그것은 불가리아로 유학 가기 전, 그저 지나가는 평행선 같은 인연이라고만 생각했기 때문이다. 그러나 그 먼 나라 불가리아에서 칠순을 앞둔 우리 빼뜨꼬 선생님을 만났고 그 인연에 대해 늘 감사한다.

선생님은 불가리아의 어느 시골 마을에서 태어나 아버지의 클라리넷 소리를 들으며 어린 시절을 보내셨다고 한다. 선생님께서 보여 주신 한 장의 흑백사진은 선생님의 지나온 세월처럼 누렇게 바래 있었다. 어린 빼뜨꼬 선생님과 클라리넷을 들고 계신 아버지의 모습은, 시간이 지나 선생님의 작은 역사가 되어 있었다.

사진 속의 그 어린 소년은 불가리아에서 열리는 콩쿠르를 시작으로, 유럽의 유명 국제 콩쿠르들을 휩쓸며 불가리아 개천에서 날아오른 용이 되었다. 그리고 그 이야기는 하나의 전설처럼 학생들 사이에서 오르내렸다. 첫 국제 콩쿠르에서 대상을 타고 난 후 음악학교에 입학을 하고 악보 읽는 법을 배웠다는 이야기는, 선생님의 재능을 다시 한 번 상기시켜 주는 대목이었다.

선생님은 소피아 필 수석을 거쳐 이탈리아의 밀라노 라 스칼라 오케스트라의 수석 주자로 화려한 젊은 시절을 보내셨고, 그곳에서 바이올린 연주자였던 자상한 부인도 만나셨다.

선생님의 클라리넷 소리에서 세월의 숨소리가 더 크게 들릴 때쯤, 선생님은 긴 오케스트라 생활을 마치고 당신의 나라, 불가리아로 다시 돌아오셨다. 그리고 그 옛날의 화려했던 젊은 시절을 떠올리며 학생들을 가르치고 계신다.

선생님은 특별히 학생들이 집으로 오는 것을 무척 좋아하셨다. 아마도 젊은 시절 화려하게 쌓아 놓은 추억들을 공유하고 싶어서는 아닐까, 하는 생각이 들었다. 선생님은 수많은 유명 연주자들과 함께 연주했을 것이며, 여러 나라를 당신의 집보다 더 많이 들락거렸을 것으로 미루어 본다면 이해가 되지 않을까 싶다.

학생들이 선생님 댁을 방문할 때면, 사모님은 항상 다과상을 내오셨다. 금박 종이에 하나하나 고급스럽게 싸인 초콜릿과 함께 진한 에스프레소 커피가 학생들 앞에 놓여졌다. 그리고 선생님의 이야기보따리가 하나하나 풀어질 때마다 위스키가 들어간 알싸한 초콜릿과 커피의 진한 향은 그 옛날 선생님의 이야기 속으로 함께 먹어 들어갔다.

선생님의 자랑 1호는 언제나 스페인 왕비에게 받은 황금 클라리넷과 금으로 제작된 롤렉스시계였다. 융단이 깔린 악기 케이스 속에 황금 키들이 둘러진 클라리넷은 마치 고귀한 왕족이 반듯하게 누워있는 모습처럼 보였다. 나는 그것들을 한국으로 오기 전까지 여러 차례 보았고, 그때마다 선생님의 도돌이표는 계속되었다.

선생님이 불가리아에서 유명한 인사 중의 한 분임은 분명했다. 어느 날은 강의실 문을 열고 들어서면 눈이 부신 조명과 기다란 마이크 스탠드, 그리고 복잡한 영상 장비들과 함께 낯선 이들이 방 한가득 몰려 웅성대고 있었다. 덕분에 몇몇 학생들과 나는 불가리아 방송을 몇 차례 타기도 했다.

승승장구란 말이 영원히 따라다닐 것 같았던 선생님도 이제는 숭덩숭덩 머릿속이 훤하게 보이는 노신사가 되어 세월을 마주하고 계셨다. 그리고 선생님의 길고도 화려한 음악 이야기를 나는 단지 객석에 앉아 짧은 한편의 영화를 보듯 바라볼 뿐이었다.

학교에 입학하기 전, 나는 일주일에 두 번 선생님 댁을 오가며 레슨을 받았다. 그때는 방학이라 비토샤 산 입구에 있는 선생님의 여름 별장에서 공부를 했다.

선생님은 봄부터 늦가을까지는 늘 그곳에서 다정한 부인과 '구름초'라고 불리는 까칠한 애완견과 함께 지내셨다. 나는 별장지기 구름초와 친하게 지내지는 못했다. 아마도 유리 조각처럼 박혀버린 어릴 적 기억 때문인 것 같다. 강아지를 금세 낳은 어미 개가 사납게 덤벼들었던 그 어릴 적 공포는 내 몸이 다 자랐어도 사라지지 않았다. 그때의 일은 사람들이 가족이라 부르는 반려동물뿐만 아니라 모든 동물에 대해 두꺼운 벽을 쌓아버리게 만들었다. 그래서 여름방학이 돌아오고 그 별장 앞을 기웃거릴 때면, 담장 너머 구름초의 행방을 살피기에 바빴다.

조용한 별장촌에 구름초 짖어 대는 소리가 쩌렁쩌렁 울려 대기 시작하면, 그 동네 모든 개들까지 거들며 내 심장을 쪼그라들게 만들었다. 멀리 구름초를 부르는 선생님의 목소리가 들리고 잠시 후 문이 열리면, 나는 선생님 등 뒤에 바짝 붙어 현관문 찾기에 바빴다. 늘 구름초는 선생님의 핀잔에도 아랑곳하지 않고, 못마땅한 눈빛으로 내 주위를 어슬렁거렸다. 아마도 나의 경계심이 구름초에게 전달되지 않았나 싶다.

그곳은 구름초에 대한 긴장감을 빼고는 평화로운 곳이었다. 포도 넝쿨이 드리워진 정원에는 살랑거리는 바람이 맴돌고, 포근한 햇살은 어린 열매와 꽃들의 유모가 되어 그들을 잘 보살피고 있었다. 그러나 초록의 눈부신 계절이 그곳을 떠나갈 때쯤이면 선생님도 그 화려했던 별장의 문을 아쉬운 듯 닫으시고, 소피아 외곽에 있는 자그마한 아파트에서 추운 겨울을 보내셨다. 선생님은 겨울이 오기 전에 그 여름 별장에서 얻은 푸석한 서양 배를 선생님의 낡은 파랑색 자동차에 싣고 학교로 오셨다. 그리고는 책상 위에 알공달공한 배들을 풀어 놓으셨고, 학생들에게 나눠 주셨다.

방학 때도 나는 선생님과 함께 열심히 공부했다. 선생님은 내가 학교에 입학한 이후로는 일절 수업료를 받지 않으셨다. 선생님의 학생이 되었으니 돈은 필요 없다는 그 한마디 말씀에, 나는 마음이 뭉클해졌고 자신감을 얻게 되었다.

선생님의 겨울 아파트 근처에는 아담한 중국 식당이 하나 있었다. 가끔은 제자들을 거닐고 그곳으로 가, 푸짐하고 달콤한 중국 탕수육과 한 접시 그득 쌓아 올린 구수한 볶음밥을 사 주셨다. 둥근 탁자에 모여 앉아 수다를 떨며 우리는 즐거운 식사를 했다. 선생님의 행복은 그런 것이었다.

겨울방학이 오면, 나는 부지런히 선생님 댁으로 수업을 받으러 다녔다. 이른 오후 시간에 도착하면 언제나 어스름한 겨울밤에 묻혀 집으로 돌아오곤 했다. 선생님은 늘 버스 정류장까지 배웅을 해 주셨다. 나는 그 시간들을 선명하게 기억한다.

어느 겨울날의 거리, 희뿌옇게 쌓인 눈 무더기가 어스름한 저녁 빛에도 또렷하게 눈에 들어왔다. 지나가는 차들의 뒤꽁무니에선 허연 김이 새어 나오다 금세 사라져 버렸다. 선생님은 버스 정류장 가는 길에, 단골로 다니시던 허름한 과자점으로 슬그머니 들어가셨다. 그리고는 콩여시가 좋아할 만한 과자들을 이것저것 담으라고 점원에게 주문하셨다. 하얀 종이 봉지에 배가 부르도록 꽉꽉 채워진 과자 봉지를 조심스럽게 품에 안고, 나는 버스에 올라탔다. 언제나 그랬던 것처럼, 버스 뒷좌석에서 나는 선생님의 뒷모습을 한 점이 될 때까지 바라보았다. 사람들을 만나고 헤어지는 순간이 늘 수없이 반복되어도, 그 옛날 할머니가 나에게 그랬던 것처럼 나는 정들었던 사람들과의 헤어짐을 그렇게 바라본다. 그리고 그들의 등을 붙잡는 습관이 생겨버렸다.

학기가 시작되고, 일주일에 두 번 클라리넷 수업이 있었다. 수업은 학생들이 모두 모인 자리에서 공개 강의로 진행되었다. 입학 후, 얼마간은 낯선 수업으로 선생님 말씀에 집중하기가 어려웠다.

우리 반은 학교에서 가장 실력이 뛰어난 학생들만 모여 있었다. 아마도 선생님의 실력과 명성 때문인 것 같았다. 그러나 복도 반대편, 드미뜨로브 교수님 반에는 우리 반을 기웃대는 학생들이 대부분이었다.

드미뜨로브 교수님은 우리 선생님에 비하면 꽤 젊은 편이셨다. 늘 작은 악어가 붙어 있는 붉은색 티셔츠에 푸른빛이 진한 리바이스 청바지를 입고 다니셨다. 그곳의 소박한 분위기와는 다르게 그분의 패션은 늘 부유해 보였다. 그러나 그 당시 칠십이란 연세에도 연주를 하셨던 우리 선생님과는 달리 드미뜨로브 교수님의 연주회 소식을 나는 단 한 번도 들어 본 적이 없다.

강의가 있는 날이면, 늘 보이지 않는 경쟁이 복도 사이를 팽팽하게 오갔다. 그것에 대한 하나의 길고 긴 이야기는 학생들 사이에 심심치 않게 오갔는데, 나는 두 분 사이의 그 묘한 분위기를 여러 소문으로 대강 짐작만 할 뿐이었다.

신동이었던 우리 배뜨꼬 선생님을 발굴하고 제자로 맞이하신 분이 앞 반, 드미뜨로브 교수님의 아버지셨다고 한다. 그 분은 불가리아에서 클라리넷의 대부라고 불릴 정도로 유명하신 분이셨다. 그런 아버지를 넘어선 재능이 유전되리라는 법은 안타깝게도 없었던 것은 아닐까, 아니면 내가 모르는 또 다른 아픈 과거가 그 분의 등 뒤에 가려져 있는 것인지 그저 추측만 할 뿐이었다.

클라리넷 수업이 있는 날에는 앞 반과 우리 반에서 새어 나온 클라리넷 소리로 그 넓은 복도가 꽉 차서 신나는 날이 되어 버렸다.

그리스 조각상처럼 잘생긴 미뜨꼬가 언제나 제일 먼저 도착해 강의실을 독차지하고 연습에 몰두해 있었다. 수업 시간이 다가오면 학생들은 하나둘씩 나타났고, 어느새 강의실은 클라리넷을 든 학생들로 넘쳐났다.

커다란 유리창 밖으로 선생님과 세월을 함께 해 온 파란 자동차가 학교 뜰에 들어서고, 푸덕거리는 요란스러운 소리와 함께 시동이 꺼지면, 학생들은 불이 나게 클라리넷을 불어 젖혔다. 클라리넷 소리 뭉치들은 이층 복도를 더 요란스럽게 메워 버렸다.

나는 창틀에 기대어 몸을 쑥 빼고는 선생님을 향해 손을 높게 흔들었다. 그리고는 선생님을 마중하러 아래층으로 쏜살같이 달려 내려갔다. 어느 날부터인가 선생님은 제자의 마중을 기다리시는 것 같았다.

수업 전 선생님은 늘 바바의 매점에서 따뜻한 코코아를 사 주셨고, 선생님은 카푸치노를 드시고는 한 템포 느리게 강의실로 향하셨다.

방 한가득 선생님의 제자들이 넘쳐나고 앞 반 학생들까지 몰려들면, 선생님의 커다란 비닐봉지가 입을 털어 책상 한가득 리드를 쏟아 냈다. 불가리아의 경제 사정을 보듯, 그들의 형편도 그리 좋아 보이진 않았다.

우리 반 학생들이나 앞 반 학생들 모두를 통틀어, 전문가용 클라리넷을 가진 학생은 세 손가락을 넘지 않았다. 그 중에, 세월에 길들어진 나의 나무 클라리넷은 그들의 부러움을 살 정도로 훌륭했다. 그러나 악기의 질을 떠나 늘 연주자가 원하는 소리를 위해 자주 소비되는 리드를 충당하기란, 그들에게 매우 버거운 일로 보였다. 그래서 선생님은 항상 리드를 모아 우리 반과 앞 반 학생들에게 무료로 나누어 주셨다.

비싼 리드 한 통에서 두서너 개의 질 좋은 것들을 빼고 나면, 나머지는 거의 쓸모가 없어진다. 그러나 연주자마다 소리 취향이나 악기의 조건이며 주법(악기 무는 방법)이 조금씩은 다르다 보니, 내가 쓸 수 없는 리드가 다른 이들에게 쓰이는 경우도 있었다.

선생님은 제자들을 위해 항상 리드를 수집하셨다. 그리고 외국에서 활동하는 제자들이 보내 준 리드도 잊지 않고 가져오셨다. 그들 역시 그런 고충을 겪으며 공부했던 추억들이 있어서일까, 잘 자라서 선생님의 든든한 지원군 역할을 해내고 있었다.

우리 반에는 조각미남 미뜨꼬와 재능과 게으름을 모두 가진 벤찌, 그리고 모두의 부러움을 살 정도로 손가락이 클라리넷 위를 날라 다녔던 신의 손가락을 가진 니콜라이초가 있었다. 그 외에 소리도 성격도 수줍음이 많았던 벨코와 마케도니아에서 유학 온 키다리 토메, 세르비아에서 온 몇몇 학생들이 간혹 눈에 띄었다. 그 중에는 재정적으로 부모님의 든든한 지원을 받는 학생이 있는가 하면 혼자서 어렵게 학교생활을 꾸려가는 학생들도 있었다.

미뜨꼬의 아버지는 간혹 학교에 얼굴을 내밀며 선생님과 돈독한 관계를 보였는데, 아마도 아버지의 스승이 아들의 스승이란 수직 관계 때문인 것 같았다. 그러나 그런 지원과 선생님의 더해진 관심에 비해 미뜨꼬의 음악은 반듯하게 서 있는 네모진 콘크리트 건물처럼 느껴질 뿐, 적어도 내 귀에는 그의 음악에서 풀 한 포기를 발견할 수 없었다.

학생들의 레슨 받는 모습을 몇 발자국 뒤에서 지켜보다 보면, 그들의 소리와 색깔이 더 분명하게 보였고 내게 흥미로운 일이 되었다. 내 차례가 끝나면 언제나 나는 한 발짝 뒤로 물러나 그들의 수업을 지켜보곤 했다. 그런데 놀라운 일은 내가 평상시 짐작했던 그들의 성격이 클라리넷을 통해 묻어 나온다는 것이었다.

미뜨꼬의 클라리넷 소리가 건조하고 기술적이며 차갑다고 느낀 것이, 그의 계산적인 성격 때문은 아닌가 싶었다. 나는 벤찌의 클라리넷 소리를 좋아했는데 그는 성격이 느긋하고 따뜻했다.

니콜라이초는 집시라는 소문도 있었다. 날아갈 듯 가벼운 플라스틱 클라리넷을 거머쥐고, 한 번의 막힘도 없이 추상화 같은 현대 곡들을 동요 부르듯 쉽게 불어 버렸다. 나는 그곳의 사정을 잘은 모르지만 집시들이 제일 하층 취급을 받는 것은 분명했다. 그 소문이 나와는 상관없는 일이었지만 그에 대한 선입견 때문인지, 막힘없는 니콜라이초의 음악에서 가끔은 공허함을 싣고 달려가는 텅 빈 밤기차 같다는 느낌이 간혹 들었다.

선생님은 언제나 농담과 함께 수업을 시작하셨다. 4학년의 니콜라이초는 그 농의 단골손님이었다. 해마다 줄어드는 니콜라이초의 머리카락은 흡사 배뜨꼬 선생님의 이대팔 가르마를 닮아 가고 있었다. 선생님은 그런 니콜라이초의 머리를 보며 "나보다 네가 더 교수 같다."는 농을 던지셨다. 니콜라이초의 얼굴은 금세 불에 그을린 허수아비처럼 되어버렸고 강의실은 학생들의 웃음보로 들썩거렸다. 그 덕분에 숙제를 덜 해 와 긴장한 친구도, 공개 수업의 부담감도 수그러드는 듯 했다. 그러나 가끔은 나의 불가리아 실력이 그 농의 주인공이 될 때도 있었다.

화요일은 클라리넷 수업, 금요일은 피아노 반주와 함께 수업이 진행되었다. 그곳의 수업 시스템 중에 가장 마음에 들었던 것은 전공과목마다 전문 반주자가 배정되어 있는 것이었다. 그래서 그곳의 학생들은 시험과 연주 때, 반주자를 찾아다닐 필요가 없었다.

예전의 일들이 생각났다. 대학 4년과 대학원 2년, 매 학기 시험 철마다 반주자를 찾아다니며 고생했던 일들이 떠올랐다. 피아노과에 친한 친구라도 있으면 그 수고는 덜하지만 반주자 한 명에 여러 악기들이 목을 매고 시험 준비를 하다 보면 박자만 겨우 맞춰가는 수준이 되어 버렸다. 한 곡을 둘이서 하나의 이야기처럼 연주하려면 정말 많은 시간을 함께 공부해야 한다.

그것은 단순히 박자나 리듬에 관한 기술적인 것만이 아니기 때문이다. 그러나 한국은 세월이 훌쩍 지나고, 보이는 것들이 놀랍도록 변했어도 여전히 연주자와 반주자의 관계는 평행선이 되어 달리고 있는 것 같다.

우리 선생님은 붉은 빛이 도는 클라리넷을 가지고 계셨다. 이탈리아의 유명한 장인이 만들어 주었다고 하는데, 여염집 아낙네 같은 고운 소리가 났다. 나는 선생님의 소리와 음악에서 아담한 세계와 오랜 오케스트라 생활에 익숙해진 소리들이 느껴졌다. 그리고 선생님의 음악은 내가 원하는 음악은 아니라고 생각했다. 그래서 선생님 속을 썩인 적이 많았다. 그때는 클라리넷 기술이며 소리가 상자 갑처럼 답답하게 느껴졌던 시기였다. 돌이켜보면 철이 없었다. 나는 클라리넷 수업보다 다른 전공 선생님의 강의를 기웃거리거나 게오르기타 선생님 뒤를 졸졸 쫓아다녔다. 그래도 선생님은 그 버릇없던 제자를 끝까지 놓지 않으셨다.

한국으로 돌아오기 전, 선생님은 내가 가고 없으면 심심할 거라 말씀하셨다. 그리고 나와 똑같은 학생을 보내달라는 농담과 함께 나를 한국으로 떠나 보내셨다. 선생님은 가장 불편한 순간을 위트로 넘길 줄 아는 분이셨다.

선생님과 함께 했던 무대들을 추억한다. 입학 전, 군인회관에서 소피아 윈드 오케스트라와 연주를 했고 입학 후에는 불가리아 홀에서 소피아 솔리스트 챔버 오케스트라와 연주회를 가졌다. 그 연주회는 방송을 탈 정도로 큰 연주회였고 나는 긴장을 하지 않을 수가 없었다. 그러나 내 옆에 우리 선생님이 계셨고, 나는 연주를 해냈다.

스승님, 때로는 다가가기 어려운 모습도 있지만 우리 뻬뜨꼬 선생님은 제자의 모든 것을 포용해 주었던 정 많은 스승님이었다. 나에게는 배움을 떠나 자신감과 따뜻한 마음을 주었던 집과 같은 스승님이 먼 나라, 불가리아에 계셨다. 그런 스승님의 등은 '나의 학생들에게 그대로 전달되리라.' 다짐을 주었다.

이대팔 가르마를 하신 우리 선생님, 선생님의 연주 CD를 꺼내 본다. 내가 제일 좋아하는 브람스 '클라리넷 소나타 2번'을 선생님이 연주하신다. 선생님의 절제된 음정과 따뜻한 소리가 선생님의 목소리처럼 들려온다.

'Зала 불가리아'에서 소피아 솔리스트 챔버 오케스트라와 연주

게오르기타
선생님

첫 학기가 거의 끝나갈 무렵, 나는 게오르기타 선생님을 만났다. 선생님의 첫 인상은 지구 반대편을 걸어가다 또 만나더라도 금세 알아차릴 만큼 매우 독특했다. 어린 아이처럼 장난기가 가득한 선생님의 눈언저리에는 새파란 아이라인이 두텁게 올라앉아 있었다. 그 파란 깃털은 내가 한국으로 돌아오기 전까지도, 늘 변함없이 선생님의 도타운 쌍꺼풀 위를 지키고 있었다.

나는 첫 학기가 시작된 후, 틈만 나면 여러 선생님의 강의실이며 마스터 클래스를 기웃거리며 돌아다녔다. 그리고 친구들에게 어떤 선생님 강의를 추천해 줄 수 있냐고 묻곤 했다. 그렇게 게오르기타 선생님과의 인연이 시작되었고, 친구들의 소개로 선생님의 강의를 듣게 되었다.

선생님은 첼로를 전공하셨고, 현악부에서 실내악을 가르치셨다. 선생님의 수업에는 현악부 학생들 외에도 다양한 전공 학생들이 강의실을 들락거렸고, 수강 신청을 했든 안했든 상관은 없었다.

강의 첫날, 강의실 앞쪽에는 기다란 책상이 놓여 있었다. 그것을 중심으로 둥글게 피아노 5중주 팀이 둘러앉아, 각자 손을 풀고 있었다. 언제나 그랬던 것처럼 선생님은 그날도 수업 시간을 훨씬 지나 허둥지둥 들어오셨다. 그렇게 시작된 강의는 두 시간이 훌쩍 넘어 끝이 났다.

지독한 애연가이셨던 선생님은 강의 내내 담배를 손에서

놓질 않으셨다. 강의실은 언제나 뿌연 담배 연기로 꽉 차버렸고, 강의가 끝나기 무섭게 선생님은 강의실 구석구석에 스프레이 방향제를 마구 뿌려댔다. 같은 강의실에서 남편인 주임 교수님의 첼로 수업이 연달아 있는 날이면 선생님은 더 꼼꼼히 담배의 흔적을 지우려 애를 쓰셨다.

첼로 교수님과 선생님은 나이 차이가 꽤 있는 듯 보였다. 스트라디바리우스 첼로로 기억되는데 그 노교수님은 나라에서 내려준 명품 첼로를 갖고 계셨다. 한 번은 게오르기타 선생님이 몰래 그 악기를 만지다 들켜 교수님께 혼쭐이 났다며 남편에 대한 불만을 토로하신 적이 있다. 그래서 남편인 첼로 교수님의 수업이 연달아 있는 날에는 방향제를 더 꼼꼼하게 뿌려댔고 온 강의실을 휘젓고 다니시며 구시렁대셨다. 그런 털털한 선생님의 모습을 볼 때면, 나도 모르게 웃음이 나왔다. 짐작하건데 게오르기타 선생님과는 다르게 그 노교수님은 왠지 꼬장꼬장한 성격 같아 보였다. 가끔 그 교수님과 복도에서 마주치면 마냥 인자한 모습으로 품위 있게 인사를 받아주곤 하셨는데 교수님의 얼굴에서 게오르기타 선생님의 익살스러운 표정이 떠오르며 나도 모르게 웃음이나 고개를 들 수가 없었다.

게오르기타 선생님의 수업은 늘 전날의 음악회나 일상에 관한 이야기로 시작되었는데, 이 양념과 같은 시간을 건너뛰는 날에는 선생님이 수업 시간을 훨씬 지나서 오신 것이 분명했다.

선생님은 굉장한 수다쟁이셨다. 그 수다는 어느 장소든, 누구를 만나든 늘 선생님이 지각을 달고 다니게 만들었고, 학생들을 현관 앞이나 강의실 앞에서 서성이게 만들었다. 그런데 그 수다가 시간을 잡아먹는 줄 모르게 재미지다는 것이 문제였다. 어느 날은 이른 오후에 시작된 수다가 저녁 시간을 지나 끝이 날 때도 있었다.

실내악 수업이 있는 날에는 나 역시 내 방 303호에서 목을 빼고 주차장을 내려다보거나 선생님의 그림자를 찾아 강의실에서 매점으로 뻥뺑이질을 쳤다. 그러나 일단 수업이 시작되면 기다림에 지치고 화가 났던 마음은 금세 사라져 버렸다.

선생님의 수업은 주변에서 일어났던 일들이나 음악회 등의 가벼운 수다로 시작되었지만 수학이나 과학, 예술 등 다양한 방면의 이야기들로 잘 버무려져 있었다. 그것은 마치 마술사의 입속에서 끊임없이 줄을 지어 나오는 색색의 손수건 같았다. 그런 선생님의 수업이 나에게 흥미와 궁금증을 던져준 것은 분명했고, 다양한 분야들이 하나의 띠처럼 연결되어 보였다.

어느 날은 한 시간 내내 춤을 추시며 세 잇단음표와 왈츠에 대한 강의를 하셨는데, 꼬리에 꼬리를 무는 의문은 황금 비율에 대한 이야기까지 나왔고, 그것은 피타고라스 음계에서 다시 바흐의 푸가로 이어졌다.

그날의 수업이 끝나면 나는 다음 수업 시간이 몹시 기다려졌고, 참을 수 없다 싶으면 강의실 구석에 앉아 몇 시간 동안 선생님 강의에 빠져들었다.

선생님의 감각과 이성은 부러울 정도로 음악에 활짝 열려 있었고 매 순간 놀라움과 기대감을 주었다. 그리고 그 영향력은 우리에게 주어진 감각 기능들을 습관적으로 쓰고 있는 것은 아닌가, 라는 생각을 갖게 만들었다.

보지도 듣지도 못했던 헬렌 켈러는 어떻게 발레리나의 춤을 본 것처럼 묘사를 했을까? 시각장애인이 어떻게 사물을 사진처럼 그려낼 수 있을까? 선생님을 만나기 전, 나는 그런 일들이 그저 놀랍고 신기한 현상이라고만 생각했다. 그러나 선생님을 만난 이후로 보이지만 보지 못하는 것, 들리지만 듣지 못하는 것, 막연할 것 같은 '느낌'이란 것에 대해 생각하기 시작했다. '왜?'라는 물음으로 시작되었던 선생님의 수업은 '왜'는 답을 위한 물음이 아니라 또 다른 문을 열기 위한 노크였다.

나에게 일어난 일들이 다른 학생들에게도 일어난 일은 아니었지만, 아마 내가 한국에서 학생들을 어설프게라도 가르쳐봤던 소중한 경험이 있었기 때문은 아닌가 싶었다.

선생님의 음악 해석은 잘 짜인 수학과 과학, 예술이 조합된 건축물을 보는 듯 했다. 그러나 선생님의 강의와는 다르게 선생님의 연주는 내 관심을 끌지 못했다. 나는 그것이 항상 의문이었다. 알고 있는 것과 실행 사이의 괴리감은 뭘까? 아마도 그것은 진정한 연주자가 되기 위해서는 꼭 알아야 할 또 하나의 숙제가 아닌가 싶다.

대부분의 수업은 선생님의 열정이 학생들의 열의를 잡아먹은 듯 보였다. 점심이나 저녁을 먹는 일도, 학교가 끝나는 시간도 무시될 때가 많았던 선생님의 길고 긴 강의로, 때로는 후다닥 강의실을 빠져나가는 학생들이 있는가 하면 덤비고 따져 드는 학생들도 있었다. 그러나 학생들은 그런 선생님을 인정했다. 다음날이 되면 학생들은 또 다시 강의실 문을 두드렸고, 선생님의 신나는 강의는 다시 시작되었다. 학생들은 게오르기타 선생님에 대해 이야기할 때면 "나이이스틴스카 프로페소라!Най-истинска професора!" 진짜 교수님이라고 말했다.

매점 할머니와

치즈 빵

우리 학교에는 아주 작고 소박한 매점이 하나 있었다. 그러나 내가 서울로 돌아온 후, 그 정겨웠던 매점은 문을 닫았다고 한다. 그곳은 내가 아주 어렸을 적 들락거렸던 동네 구멍가게처럼 진열대의 선반이 훤하게 들어나 있던 그런 작은 매점이었다.

그곳은 언제나 라디오 음악 소리가 사람들 사이사이로 쉼 없이 돌아다녔고, 낡고 오래된 커피 머신에서는 향긋한 커피가 연실 품어져 나왔다. 지지직거리며 끓어오르는 우유 거품 위로 살짝 올라앉은 코코아 가루의 달콤함이나, 진열대에 널찍널찍 드러누워 있던 크림빵과 초콜릿 바는, 학생들과 교수님들의 목마름이나 허기를 달래 주기에 부족함이 없었다.

입학 전 나는 가끔 학교에서 레슨을 받기도 했는데, 우리 빼뜨꼬 선생님은 그때마다 그곳으로 내 손을 잡아끌고 가셨다. 그리고는 키가 큰 둥근 탁자 앞에 나를 세워 두셨다. 선생님의 주문에 매점 할머니의 손놀림은 빨라졌고, 보글보글 소복하게 부풀어 오른 우유 거품 위로 진한 에스프레소 커피가 단번에 부어졌다. 녹녹해진 플라스틱 잔 한가득 흔들거리는 거품 위로 두 눈이 모아지고 입가에 향긋한 커피 향이 펴져 나가면, 어느새 레슨 전의 긴장감이 풀렸다.

그곳에는 콩알만 한 사마귀가 코끝에 올라앉은 덩치 크고 무뚝뚝한 단초 할아버지와 내가 늘 '바바'라고 부르며 따르던 할머니가 계셨다. 나는 단초 할아버지를 볼 때면 콩여시와 재미나게 읽었던 '제럴드와 거인'이란 동화책이 떠올랐다. 그 동화 속의 거인은 단초 할아버지와 겹쳐 보일 정도로 신기하게 닮아 있었다. 심지어 코끝의 그 큰 사마귀까지도 말이다.

나는 매점 할머니를 늘 바바라고 불렀는데, 그곳 사람들은 친인척이 아니면 나이 상관없이 이름을 부르거나 부인이라 불렀다. 그러나 긴 세월 길들여진 문화적 습관 탓인지 나는 항상 바바баба 할머니라고 불렀다.

바바는 내가 그곳에 도착하기 몇 년 전 낙상 사고로 인해 한쪽 다리가 심하게 불편하셨다. 그래도 늘 분주하게 일을 하셨다. 그런 바바는 내게 한쪽 뒤축이 심하게 달아 빠진 짝짝이 슬리퍼를 보여 주시며 멋쩍게 웃으셨다. 그러나 단초 할아버지는 늘 짤막한 담배 꽁지를 아쉽게 빨아대며, 장판으로 대강 둘러진 어설픈 바에 한가로이 앉아 있는 것이 전부였다. 때로는 할머니의 일하는 모습을 물끄러미 바라보거나 창밖 풍경을 멀뚱거렸다. 그 모습은 매점 밖에서도 다를 것이 없었다.

구관에서 오는 길에, 나는 가끔씩 턱이 없는 트람바이 길을 버겁게 건너가는 바바를 만나곤 했다. 번들거리는 두 줄의 철길이 바바에게는 옛날 시골집의 높다란 문지방처럼 버겁게 느껴졌다. 가끔 할아버지 담배를 사러 학교 건너편에 있는 3·3 마트에 가시던 바바와 마주서기라도 하면, 단초 할아버지가 얄미웠다.

바바가 매점에 안 계시는 날에는 매점 분위기도 썰렁했다. 무뚝뚝한 단초 할아버지만 또 그 어설픈 바에 팔을 괴고 앉아 멍하니 밖을 향해 담배 연기만 품어 댔다.

어릴 적, 학교에서 돌아오면 제일 먼저 엄마를 찾았던 기억이 난다. 엄마가 집에 없는 날에는 동네 어귀를 빙빙 돌거나 땅에 납작 웅크리고 앉아, 언덕 위의 길이 하늘과 맞닿은 곳에 눈을 모으고 엄마의 그림자를 찾던 기억들이 떠오른다. 바바가 안 계시는 날에는 그 옛날의 기억처럼 썰렁한 매점이 싫었다.

하루 종일 학교에서 지내다 보면 점심이나 간식을 챙겨 먹는 것도, 나에게는 무척이나 중요한 일과 중의 하나였다. 그래서 도시락을 챙겨 다녔지만 얼마 못 가 포기해야만 했다. 휑한 연습실에 덩그마니 혼자 앉아 찐득한 찬밥 덩어리를 대하는 일은 결코 쉬운 일이 아니었다. 게다가 학교와 집 사이를 늘 한 짐을 지고 다녀야 했던 나에게는, 머리카락 한 올의 보태짐도 버거운 일이었다. 그래서 나는 매점을 자주 찾았다.

그러나 예전에도 지금에도 나는 혼자서 식당에 들어가 밥을 먹어 본 적이 없다. 그런 내 얄팍한 배짱에 멀쑥한 몸짓으로 대강 빵을 집어 달아나려 하면, 바바는 내 손을 잡아끌어 그 어설 푼 바에 나를 앉혔다. 그리고는 내가 다 먹을 때까지 마주 앉아 말동무를 해 주셨다. 그렇게 바바는 내게 꼭 필요했던 적응이란 용기를 덤으로 얹어 주었다. 덕분에 친구들을 사귈 수 있는 공간이 되기도 했고 자연스럽게 불가리아 말과 친해지게 되었다.

그 매점에는 늘 불타나게 잘 팔리는 점심 메뉴 하나가 있었다. 점심시간을 조금이라도 지나 달려가면, 텅 빈 쟁반 위에다 팔려나간 빵 부스러기만 아쉽게 눈에 들어왔다. 그 묘한 맛의 빵 이름은 바니짜^{баница}로 불가리아의 시큼털털한 치즈, 씨레네^{сирене}를 페이스트리에 넣어 기름에 튀기거나 오븐에 구운 빵이다. 방학 때가 되어 매점이 문을 닫기라도 하면 엄마의 밥상이 그리워지듯 바바의 바니짜가 정말로 그리웠다.

처음 매점 문을 기웃거렸을 때만 해도, 초코 크림이 들어 있는 헐렁한 빵과 뜨겁게 기계에서 지져 나온 설탕 탄 우유 한 컵이 나의 유일한 점심 메뉴였다. 그러나 든든한 밥으로 단련된 내 배 속의 허기는 달래 주지 못했다. 한동안은 쪼그라진 풍선 껍데기처럼 횅한 배를 등에 붙이고 다녀야 했다. 클라리넷도 텅 빈 소리를 냈고 악기를 부는 것이 점점 힘들어졌다. 나는 든든하게 먹고 하루를 견딜 수 있는 무언가가 필요했다. 어느 날, 나는 학생들이 즐겨 사 먹던 바니짜에 설탕을 뿌려 먹어 보기로 했다. 그렇게 모험으로 얻은 내 점심은 성공을 거두게 되었다. 금세 허기졌던 헐렁한 초코 빵과는 달리 반나절은 무리 없이 버틸 수 있는 점심거리여서 작은 만족감을 얻게 되었다. 점심과 저녁, 하루 두 끼를 학교에서 해결해야 했던 나는, 바니짜와 피자 치즈가 들어간 두터운 빵을 번갈아 가며 먹어치웠다. 점심시간과 수업이 겹쳐 늦어지기라도 하면 바바는 내 몫의 바니짜를 누런 종이에 돌돌 감아 한쪽 구석에 남겨 두셨다. 그리고는 늘 잊지 않고 그 위에 흰 설탕가루를 뿌려 주시며 멋쩍은 웃음과 함께 건네주셨다.

바바가 그곳에 계신 동안 나는 허기지지 않았다. 어색해 하던 내손을 잡아끌어 주시던 그 거친 손 덕분에, 나는 학교에 잘 적응할 수 있었다. 바바는 나의 크고 작은 연주회에도, 박사 논문 시험을 통과할 때도 멀리 계신 할머니와 부모님을 대신하여 용기를 주셨고, 아낌없는 칭찬도 해 주셨다.

절뚝거렸던 바바의 걸음걸이에서 오래된 내 메트로놈 소리가 났다. 바바의 몸처럼 굳어져 버린 단벌의 소박한 옷차림은 세월에 지친 노인의 모습이었지만 내게는 특별한 분이셨다.

학교를 떠나는 마지막 날에도 절뚝거리는 걸음과 함께 바바는 학교 앞 길목에 서서, 내 모습이 한 점이 되어 갈 때까지 손을 흔들어 주셨다.

쉬어가기

미래의
음악가들

일 년이란 시간이 지나고 내 주변에는 불가리아 친구며 마케도니아, 그리스 등 여러 나라에서 유학 온 다양한 친구들이 생겨났다. 그 중에는 재능이 넘쳐나는 미래의 음악가들도 있었다. 첼리스트, 보비와 두 피아니스트 베스나, 그리고 마르가리따이다. 이 세 친구들이 가장 기억에 남는 이유는 재능뿐만 아니라 열정과 성실함 때문일 것이다.

음악은 하루의 쉼도 없이 늘 몸과 생각을 움직여야 재능은 빛을 발한다. 그래서 나는 그 친구들을 알게 된 것에 대해 기쁘고 한편으로는 영광스럽기도 하다.

나는 첼로라는 악기를 클라리넷만큼 좋아한다. 그 악기가 들려주는 소리는 마치 손끝에 닿는 부드러운 물갈래처럼 느껴질 때가 있다. 선명하지 않은 듯 부드러우면서도 강한 선이 존재하는 첼로의 테크닉과 음색. 특히 소리에 선을 느낀다면 분명 클라리넷과는 다르지만 음악 안에서 추구하는 본질은 다르지 않다. 그래서 클라리넷이 되어 첼로를 볼 때면, 눈으로는 볼 수 없는 묘한 색감이 느껴진다.

그곳에서 나는 첼로와 연관된 연주나 마스터 클래스를 놓친 적이 없다. 그것은 게오르기타 선생님의 영향도 한몫하겠지만, 유난스럽게 첼로 소리에 이끌리는 내 자신 때문이기도 하다. 나는 첼로가 들어간 실내악 연주를 즐겨 했고, 첼로를 안은 친구들을 부러운 눈으로 쳐다보기도 했다. 첼로와 클라리넷이 대화를 주고받을 때면 잘 짜인 매듭처럼 느껴졌고, 두 소리가 조화를 이루는 순간이 올 때면 내 마음도 내 양 볼도 부풀어 오른 풍선처럼 둥둥거렸다.

그곳에서 나는 여러 첼리스트와 연주한 적이 있다. 그러나 대부분의 연주자들은 그들의 몸과 함께 떨리는 첼로를 이해하지 못한 듯 보였지만, 보비가 첼로를 안고 소리를 낼 때면 첼로가 그녀와 한 몸이 된 듯 보였다. 나는 늘 연주 프로그램에 첼로가 들어간 곡들을 넣었고, 클라리넷과 피아노 그리고 첼로로 이루어진 앙상블 곡들을 편파적으로 좋아하고 즐겨 했다. 그러나 활과 현 사이를 두루뭉술하게 뭉개버리는 첼리스트를 만난다면, 그보다 더한 스트레스는 없었다. 그러나 나는 운 좋게도 보비를 만났고, 함께 연주할 때면 흥분된 감정들이 클라리넷을 물고 있던 내 입모양을 흩뜨려 놓기도 했다. 서로 같은 곳을 바라보는 연주자와 함께한다는 것은 음악만을 생각하게 만든다.

피아니스트인 베스나는 불가리아에서 만난 나의 가장 친한 친구였다. 그녀의 불같은 질투도, 때로는 실수에 따른 그녀의 미안한 감정들도 어린아이같이 얼굴에 고스란히 들어난 모습을 볼 때면, 음악 공부를 시작했던 나의 학생 시절이 어른거렸다. 특히 그녀가 지나칠 만큼의 감정들을 피아노 앞에서 쏟아 낼 때면 가끔은 웃음이 나기도 했지만 나는 그녀의 그런 에너 지를 존중하고 좋아했다.

고단한 유학 생활을 마치고 지금은 상냥한 남편을 만나 풍 차의 나라에서 아이들을 가르치고 연주하며 지내고 있을 그녀. 그녀의 이야기는 이 책의 한 귀퉁이에 자잘하게 수다를 떨어 놓았다.

마르가리따, 나는 이 친구의 연주에서 웅장함과 정성을 보 았다. 너무도 당찬 그녀의 연주가 가끔은 날 주눅 들게 만들기 도 했다. 어린 나이에 비해 겸손함이 너무 몸에 배인 친구라 베 스나와 있을 때와는 다르게, 나는 가끔 철모르는 내 기분을 통 제해야 할 때가 많았다.

마르가리따보다는 '마기'라고 애칭을 불러야 할 것 같다. 그 녀의 친구들이나 그녀를 아끼는 교수님들은 그녀를 그렇게 불 렀다. 베스나가 프랑스로 떠나고 나는 마음이 잘 맞는 피아노 친구가 필요했다. 클라리넷 반에 전용 반주자가 있었지만, 그 녀는 그저 박자를 잘 맞춰 주는 반주자였다. 아마도 오랜 시간 동안 해 왔던 반주자란 직업이 그녀의 음악을 묶어 놓은 듯 보 였다.

피아노과 수업 중에는 반주 과목이 따로 있었는데, 나는 한 학기 동안 6명의 피아노과 동료들의 파트너가 되어 준 적이 있었다. 그래서 슈만의 '클라리넷 소나타'와 핀지의 '클라리넷과 피아노를 위한 다섯 개의 소품'을 번갈아 가며 연주했고, 그들의 수업과 시험을 도와주었다. 그들 모두가 자신만이 가지고 있는 리듬이나 비트가 있다. 그리고 그것들을 연결하고 끌고 갈 수 있는 에너지도 분명 존재했다. 그러나 그것은 연주자마다 아주 미묘한 차이가 있으며 느낌과 느낌간의 교류 같은 것이다. 가끔은 그것으로 인해 그들의 성격과 의지를 알아차릴 수도 있었지만 나와 다른 에너지를 가진 연주자와 연주한다는 것이 얼마나 힘든 일인지, 그때의 경험으로 잘 알게 되었다. 그것은 마치 모래주머니를 매달고 달려가는 느낌 같은 것이었다.

마지막 일 년의 박사과정을 앞두고, 나는 막바지 공부를 함께할 피아노 친구가 필요했다. 그곳에는 빛나는 재능을 가진 친구들은 많았지만 연습에 대한 성실함과 파트너와의 약속을 존중하는 친구들은 잘 찾아봐야 했다.

나는 피아노과 교수님의 소개로 일학년에 갓 들어온 마기를 만났다. 마기는 부모님 말씀도, 학교 규칙도 아주 잘 순응하며 학창시절을 보낸 학생처럼 보였다. 천재성은 나이와 상관이 없다는 것을 알지만, 가끔은 세월이 함께한 감성의 경험을 어린 천재 음악가들에게 기대할 수 없음을 안다. 그러나 그녀의 연주는 매 순간 진실했다.

우리는 불가리아의 작곡가를 위한 특별한 연주회에 추천을 받아 함께하게 되었다. 클라리넷, 피아노, 타악기 정말 재미난 구성의 실내악 작품이었다. 유학을 오기 전에는 이런 구성을 상상해 본 적이 없었다. 현대적이며 재즈 냄새가 묻어나는 곡이라 나는 내심 걱정이 되었다. 자기 파트만 열심히 연습을 한다 해도 모두가 모이면 다른 이야기가 되어 버린다. 그래서 앙상블은 둘이든 열이든 늘 함께 공부하는 것이 중요하다는 것을 나는 매번 느꼈다.

몇 번의 연습이 끝나고 나는 마기의 피아노 치는 모습에 감탄하지 않을 수 없었다. 마기는 연습이 시작되자 마치 다른 사람이 된 것처럼 눈빛이며 표정이 확 달라졌다. 그것은 열정을 품은 몰입이었다. 그런 모습은 아무에게나 볼 수 있는 것은 아니다. 심지어 어느 유명 연주자에게서도 그런 모습은 볼 수가 없다. 세련된 것들로 포장된 것과는 다르다.

언젠가 우리 학교에서 열렸던 국제 콩쿠르에서 그녀가 연주하는 모습을 보고 손바닥에 불이 날 정도로 아낌없는 박수를 보낸 적이 있다. 그날 그녀가 리스트의 곡을 연주한 것으로 나는 기억한다.

세월이 가면 갈수록 그녀는 그녀만의 화려한 테크닉과 소리, 그리고 더 짙은 감정과 이성이 어우러진 음악을 할 것이라고 나는 믿는다. 어린 나이가 무색할 정도로 배려심도 겸손함도 몸에 배인 마기, 그래서 가끔은 그녀가 이십대라는 사실을

까맣게 잊곤 했다. 우리가 만나서 연주한 시간들은 길지 않지만, 성실함도 열정도 가득 넘쳐나는 그런 친구를 만난 것에 대해 감사한다.

이제는 모두가 먼 나라에서 각자의 삶을 살아가고 있어 친구로, 연주가로 만날 수는 없지만, 시간이 흘러 그들이 좋은 연주가에서 더 크게는 음악가가 되기를, 나는 희망한다.

비닐봉지를 든
친구들

학생들 대부분은 집을 떠나 불가리아의 수도 소피아에서 기숙사 생활을 하며 학교를 오갔다. 기숙사는 소피아의 공기 창고인 비토샤 산 턱밑에 자리하고 있었다. 그곳은 고층 아파트 단지로 조성되어 있었다. 음악 특성상 음악 전공 학생들만 따로 모아 둔 동이 있었고, 그들은 자기 방에서 밤낮 구분 없이 자유롭게 연습할 수 있었다. 단지 공동으로 연습할 수 있는 피아노 연습실이 한두 군데라는 것을 빼고는, 소리의 자유를 가진 곳이었다.

그들은 멀리 떨어진 기숙사 덕분에 버스를 두 번씩 갈아타고 통학을 해야만 했다. 늘 빠듯한 주머니 사정은 친구들을 큰 길가에 있는 정거장, 이즈톡Изток에 내려 학교 뒷길을 따라 종종 걸어 다니게 만들었다.

나는 가끔 학교 3층 베란다에서 그들의 지름길을 따라 가보기도 했다. 나뭇가지 사이로 친구들의 울긋불긋한 머리꼭지가 삐죽거리기를 반복하면 그들은 어느새 학교 앞 마당에 들어섰고, 어스름한 저녁이 오면 내 친구 베스나도 그 길을 따라 종종 멀어져 갔다.

학교에 입학 후, 하루하루의 시간들이 더해지자 친구들의 얼굴이며 모습들이 익어 갔다. 그리고 어느 날, 학생들의 손에 들려 있던 비닐봉지도 또렷하게 눈에 들어왔다. 그 봉지는 마치 그들 사이에 번지고 있는 최신 유행 가방처럼 보였다.

빼뜨꼬 선생님 반 학생들도, 피아노과 동료들도 들고 다니던 그 봉지 안에는 그들이 공부하던 악보가 들어 있었다. 그들은 최소한의 돈으로 학기를 잘 버텨내야 했고, 나름 절약 방법들에 능통해 있었다. 학기가 절정에 다다를수록 그들은 초췌해지고 야위어 갔다. 그리고 어느 날, 학기 내내 찌들었던 옷가지며 책들로 꽉 들어 찬 보따리를 들고, 마지막 기말 시험과 함께 먼 고향 집으로 사라졌다.

방학이 끝나고 하나둘씩 뽀얗게 살이 오른 모습으로 그들은 다시 돌아왔고, 그들의 어머니가 정성껏 싸 주신 음식과 함께 여유롭고 풍성한 또 다른 학기를 맞이했다. 그래서 그들의 기숙사 방에는 그들의 아버지가 뜬 꿀이며 과일주가 침대 밑, 비밀 창고에 가지런히 놓여 있었다. 겨울이면 그들의 어머니가 만들어 주신 저장 음식들이 비닐봉지에 담겨 창밖 난간에 매달려 있는 것을 볼 수도 있었다. 그렇게 그들의 학기는 부모님의 정성이 들어간 양식과 함께 시작이 되었고, 멀리 마케도니아에서 돌아온 베스나의 짐 가방에도 나에게 조금은 나눠 줄 만큼의 어머니 표 음식이 들어 있었다.

나는 토도르의 어머니가 싸 주신, 다 식어 빠진 찐 옥수수도 먹어 보았고, 베스나의 어머니가 만드신 포도 잎사귀에 싼 고기쌈도 먹어 보았다. 그리고 마르가리따의 어머니가 만드신 하얀 가루 설탕을 뒤집어쓴 스노볼이라는 과자도 먹어 보았다.

나는 친구들이 나누어 준 그 음식을 맛보며, 그들의 가족들이 지키고 있는 고향 집을 그려 보기도 하고, 그들의 푸근한 어머니의 모습을 상상해 보기도 했다. 그리고 먼 고향에서 자식들을 그리워할 어머니들의 모습에서, 우리 할머니와 부모님의 모습을 떠올려 보았다.

담장 너머로 드리워진 체리 방울의 유혹도, 코끝에 매달린 알싸한 차나무의 향기도 뒤로하고, 친구들은 또 다시 기말 시험을 향해 팽팽하게 달려갔다. 건조한 콘크리트 건물은 어스름한 밤의 그림자에 점점 묻혀 갔고, 연습실에서 새어 나온 불그레한 불빛을 따라 베토벤과 암스트롱의 영혼으로 너울거리던 학교는, 시간이 가면 갈수록 마치 무도회장의 모습처럼 화려해져만 갔다. 학교는 그렇게 모차르트의 열정을 가진 학생들에 의해 살아났고 꿈틀거렸다.

·

내 친구 베스나

나에게는 호기심도 많고 피아노도 아주 잘 치는 베스나란 친구가 있다. 그 친구는 '오흐리드'라는 호수가 아름다운 나라, 마케도니아에서 온 유학생이었다. 그 친구의 집은 마케도니아의 수도 스코페의 시내에 있다고 했다. 그곳은 불가리아의 이웃 나라로, 베스나는 방학이면 자기 몸짓만 한 짐 보따리를 싸들고 버스로 하루를 꼬박 걸려 국경을 넘나들었다.

나는 무심하게도 그곳에 간 적이 없다. 박사 학위만 보고 미친 듯 달려갔던 그때, 나는 참 많이도 불안했다. 그리고 이제 와후회를 해 본다. 몇 년 전 베스나는 마케도니아에서 결혼식을 올렸다. 그 때도 나는 가지 못했다. 그러나 한 번도 나에게 서운한 말을 던진 적이 없다. 그래서 나는 더 미안하고 미안하다.

첫 학기가 시작되자 나는 학교에서 지내는 시간이 점점 길어졌다. 수업이 없는 날에는 연습을 할 수 있는 빈 강의실을 찾아다녔다. 우리나라와는 다르게 연습실이 없었고, 강의가 없는 시간에만 연습실로 사용할 수가 있었다. 그런 사정을 전혀 몰랐던 학기 초에는 많은 시간을 매점에서 보내며 방이 나기만을 기다렸다. 그래서 경비실의 반쪽짜리 창문에 자주 얼굴을 디밀어야 했다. 경비 할아버지는 귀찮아 하시면서도 기특해 하셨고, 짬짬이 방이 날 때는 매점까지 쫓아와 알려 주셨다.

매점 앞, 작은 홀에는 빈 책상과 의자들이 듬성듬성 놓여 있었다. 북적이는 점심시간이 오면 간단한 점심거리를 든 학생들로 홀은 메워지고, 나는 원치 않는 이방인이 되었다. 책상 위에 수북하게 올려 진 가방 뒤로 얼굴을 파묻고 책을 읽어 보지만 머릿속에 들어오질 않았다. 그러다 우리 빼뜨꼬 선생님 반의 낯익은 학생이라도 아는 척을 해 주면, 나는 그 어색한 족쇄에서 잠시 풀려났다.

시간이 지나고, 나는 학교에서 자주 만날 수 있는 낯익은 외국인 학생이 되어 갔다. 낮 시간에는 강의실마다 강의가 꽉 차 있어, 몸이 뒤틀릴 정도로 지루한 기다림을 견뎌내야만 했다. 그러다 베스나를 만나게 되었다. 아마도 그 친구의 호기심이 아니었다면 우리는 그저 눈인사만 주고받는 사이가 되지 않았을까 싶다. 우리는 매점에서 자주 마주쳤고 어느 날부터인가 나는 그녀를 기다리게 되었다. 그리고 시간의 반복으로 우리는 서로 머리를 맞대고 앉아 과자나 초콜릿을 나눠 먹는 사이가 되었고, 우리들의 짧았던 대화도 점점 길어졌다.

베스나는 누구에게나 호감과 관심을 갖게 만드는 재주가 있었다. 서로 다른 문화와 환경에서 자란 우리가 제법 친한 친구가 되었다는 사실에 베스나의 긍정적인 호기심이 큰 몫을 했다고 칭찬하고 싶다.

나는 꽤 많은 피아노과 동료들을 알고 지냈다. 박사과정 2

년 차에 접어들었을 때, 나는 우리 학교에서 가장 잘 팔리는 기악 연주자가 되었고, 그들의 반주법이나 앙상블 파트너로 많은 피아노과 친구들의 연주나 학기말 시험을 도와주었다. 그리고 그때, 베스나와 나는 호흡이 가장 잘 맞는 파트너임을 알게 되었다.

앙상블이나 클라리넷 곡을 함께 연주할 때면, 우리는 열심히 분석하고 공부했다. 그렇게 서로를 발전시켜 줄 수 있는 피아노 연주자를, 나는 지금까지 만난 적이 없다. 그렇다고 베스나와 내가 그저 순응적인 음악을 했다는 것은 아니다. 우리는 봐주기 없는 비판을 하기도 했고, 서로의 주장을 납득할 때까지 논쟁을 벌이다 짐을 싸서 방을 나간 적도 있다. 만약 그녀와 내가 음악적으로 알고자 하는 의문들을 뒤로하고 서로의 기분을 무너뜨리지 않기 위해 더 신경을 썼다면, 베스나는 그 많은 반주자들 중 한 명에 지나지 않았을 것이다. 우리의 경쟁은 늘 소리 없이 팽팽하게 이어졌고, 학교 문이 닫히는 시간을 지나 화가 난 경비 할아버지의 격양된 노크 소리가 들려 온 후에야 멈추기도 했다. 우리는 음악적으로 죽이 잘 맞는 친구였다. 그 덕분에 우리는 학교에서 인정하는 앙상블 팀이 되었고, 많은 연주 기회도 갖게 되었다. 그것이 나의 유학 생활 중 가장 신나고 소중한 일로 기억된다.

우리가 처음 연주한 곡은 모차르트 'Kegelstatt trio'였다.

그날의 긴장감과 흥분을 생각하면 머릿속에 불이 켜진다. 그 친구와 함께한 연주라서, 그리고 좋아했던 실내악 연주를 정식으로 할 수 있다는 것에 대해, 그날의 연주가 비록 작은 무대였지만 나에게는 가장 잊을 수 없는 연주로 기억된다.

베스나는 언제나 피아노 앞에 앉으면 누구에게도 뒤지지 않는 눈빛을 뿜어 댔다. 그런 그녀의 모습을 볼 때면 투우장, 카르멘, 볼레로와 같은 불타는 이미지들이 머릿속을 스쳐간다.

에너지 발산은 청중들과의 소통에 대한 중요한 요소 중에 하나이다. 그 에너지가 청중에게 전달되어지는 것과 같이 연주를 하는 연주자 사이에서 오가는 것은 연주의 생명을 담는 일과도 같다. 베스나와 함께한 연주는 그런 점에서 무언가를 끌고 가야 할 책임감이나 걱정은 필요하지 않았다. 특히 게오르기타 선생님의 용광로 같은 에너지까지 더해지면 우리의 연주는 학교 벽을 넘어 자유를 찾은 듯 했다.

베스나는 호기심 많은 성격 탓인지 친구들도 많았고 유익한 정보들을 잘도 물고 왔다. 나는 베스나를 따라 피아노 마스터 클래스는 거의 빠짐없이 참가했다. 우리는 그것에 멈추지 않았고, 유명 연주자들의 마스터 클래스나 연주를 보기 위해 열심히 돌아다녔다. 때로는 교수님의 추천을 받아 학교의 크고 작은 무대에서 연주할 수 있는 기회를 얻기도 했다.

우리는 자주 연주회를 함께 했는데, 그곳의 티켓 값은 서울에 비하면 공짜라는 느낌이 들 정도로 저렴했고 학생 할인까지 받을 수가 있었다. 그러나 항상 절약 정신이 몸에 밴 친구들은 티켓 값을 아끼려 다른 방법들을 찾아다녔다. 베스나 역시 빡빡한 유학 생활에 공짜 표를 얻거나 표 없이도 들어갈 수 있는 방법을 잘 알고 있었다. 나는 베스나의 인맥 덕분에 무료로 연주회 관람을 자주 할 수 있었다.

미샤 마이스키라는 유명 첼리스트의 연주회가 있던 날을 나는 기억한다. 꽉 찬 객석 덕분에 거의 두 시간을 통로에 서서 연주를 구경해야 했는데, 그런 고생은 아무것도 아니었다. 친구 베스나가 함께 했기 때문이다.

바이올린 연주자 장영주가 연주를 위해 불가리아에 온 적이 있었다. 그때는 불가리아 교민들도, 나와 베스나도 흥분되는 기대감으로 그 연주회를 기다렸다. 그리고 그날이 왔을 때, 베스나는 나를 따라 벅찬 마음으로 연주회를 함께했다. 그날 그녀는 친구를 따라 친구의 나라에서 온 연주자를 응원했고, 그런 그녀의 감정들이 나는 고마웠다. 내가 그날의 연주를 한국에서 들었다면 그때처럼 손바닥에 불이 나도록 박수를 치지는 않았을 것이다. 그날 그녀의 연주가 어떠했던지 간에 그녀가 그곳에 왔다는 사실만으로 가슴이 벅찼고 내 친구 베스나의 응원이 있어 뿌듯함은 배가 되었다.

우리는 연주회나 마스터 클래스를 참관하는 데 만족하지

않았다. 그날의 연주가 교수님이든, 유명 연주자이든 우리의 신 랄한 비평을 피해가지는 못했다. 베스나를 만나기 이전에도, 이 후에도 나는 진정한 음악의 동료를 만나 본 적이 없다. 그러나 시간이 우리에게도 흐르고 베스나는 가까운 프랑스로 배움의 길을 떠나갔다. 베스나가 떠나고 나는 허께비마냥 학교를 오 가며 한동안 그녀의 빈자리를 더듬으며 지냈다. 그녀가 생각날 때면, 함께 연주했던 연주 CD를 들었고 내 친구 베스나를 참 많이 그리워했다.

한국으로 돌아온 후, 나는 나의 열정이 식어 가는 것을 보 며 가끔은 견딜 수 없이 속상했다. 그렇게 도전적이고 열정적인 친구를 또 다시 만날 수 있을까.

•

나만의

학기

나는 악기를 시작한 이후로, 늘 혼자 연습하는 일에 길들여졌다. 그리고 습관처럼 방학 기간에도 학교를 들락거렸다. 아마도 남들보다 늦게 시작한 음악 공부 때문일지도 모른다. 그리고 그 시간 속에서 잘 버티고 이겨 나가는 방법을, 내 나름의 방식으로 찾으려 했는지 모른다.

연습은 모든 연주자들이 꼭 해야 하는 일상과도 같은 것이다. 그것은 운동선수들이나 무용수들이 해야 하는 일들과 다르지 않다. 특히 악기를 내 몸처럼 다루어야 하는 것과 좁은 연습실의 벽을 넘어 자연 속으로, 무대 위로 넘나드는 이미지 훈련은 무척이나 중요하다.

나는 학창시절 연습실에서 살았고, 방학 기간에도 그 끈을 놓지 않았다. 그리고 어느 순간부터 방학은 나만의 학기가 되어버렸다. 그 먼 불가리아에서 첫 방학을 맞이하고 또 다른 방학을 맞았을 때도, 나는 열심히 학교 방문 기록지에 이름을 남겼는지 모른다.

언제나 정신없이 학기는 금세 지나가버렸다. 배움의 설렘도 친구들과의 대화도 뚝 끊어져 버린 방학이 다가왔다. 그것은 마치 모든 방송이 끝난 뒤 빈 화면 속을 떠도는 한 줄기의 기계음 같았다.

봄 학기에 입학했던 나는, 학생들이나 선생님들의 얼굴을 익히기도 전에, 공개 수업의 흥분이 가라앉기도 전에 어리둥절한 첫여름 방학을 맞이하게 되었다. 불가리아의 여름방학은 꽤나 길었다. 먼 산의 능선에 걸려 있는 구름 뭉치처럼 멈춘 듯 가는 듯 느껴졌다.

학생들의 발길이 뚝 끊어진 학교 앞마당은 무성하게 올라온 풀들만이 서성거렸다. 모두가 떠나간 학교의 현관문 역시 인색하게 열려 있었다. 학생들의 말소리도, 갖가지 악기소리도, 삐걱대던 문소리도, 그 모든 것을 따라 끝없이 일렁이던 공기의 움직임도 사라져 버린 학교는, 차가운 콘크리트 덩어리가 되어 버렸다. 텅 빈 동굴 속의 한 줄기 메아리처럼 학교 복도에는 가느다란 악기 소리 두 서너 개만 떠돌아다녔다. 그것도 얼마 지나지 않아 꼬리를 감추며 사라져 버렸고, 어느 순간 학교는 숨을 쉬지 않는 듯 보였다.

간혹 그 지루한 여름방학의 등선 위를 오를 때면, 초등학생 때 경험했던 마라톤 대회가 생각이 났다. 시간이 훌쩍 지났어도 그때의 느낌은 더 생생하다.

빵 하고 딱총 소리가 터지고, 나는 단짝친구와 함께 힘차게 앞으로 달려 나갔다. 얼마를 달렸을까, 목구멍이 따끔거리던 기억이 난다. 땀이 스며든 바지가 다리에 엉겨 붙고, 친구들은 하나둘 내 뒤로 사라져 갔다. 친구들을 챙겨 볼 여유조차 없이 숨이 턱까지 차오르는 순간이 왔을 때, 그 상황을 버티게 해 준 작은 인내심은 많은 시간이 흘렀음에도 내 몸 어딘가에 남아, 때때로 게으른 나를 일으켜 세워 줄 때가 있다. 가끔 방학의 색이 짙어져 갈 때면, 어린 시절 내 몸속에 깊게 새겨져 있던 그 느낌이나 감정들이 살아나 나를 흐트러지지 않게 잡아 주었다. 지금 생각하면 그 경험 속에 작고 어린 고비들이 내 인내심의 시작점은 아니었을까 생각한다.

달궈진 양철 지붕 위를 오가던 비둘기들의 발소리가 지루하게 들려오고 땀방울이 등줄기와 가슴골을 타고 내려갈 때면, 나는 손가락으로 그들의 지나간 흔적을 닦곤 했다. 내 방을 뜨겁게 달구던 태양이 한풀 꺾인 채 서쪽 하늘로 슬금슬금 돌아설 때면, 나는 길게 늘어선 내 그림자를 거닐고 학교 문을 나섰다.

그렇게 긴 여름방학을 잘 견뎌내고 단련된 자신감으로 나는 새 학기를 맞이했다. 그러나 그것도 아주 잠시 뿐, 겨울방학이 금세 다가 왔다. 그러나 그곳의 짧은 겨울방학은 다행히도 이런저런 핑계 거리로 금세 지나가 버렸다.

성탄절의 거리 불빛이 낯설게 익어가고 새해를 맞이해야 할 12월의 마지막 밤이 다가오면, 화려한 폭죽은 숨표도 없이 소피아의 밤하늘을 따라 흐드러지게 뿌려지고 또 뿌려졌다. 화려하고도 요란했던 그 해의 마지막 파티는 끝을 잃어버린 듯 몸부

림을 쳤다. 소박했던 소피아의 밤하늘은 뿌연 화약연기 속으로 사라졌고, 지친 새해의 아침이 밝아오면 그 끝의 잔재만이 새벽 하늘에 나뒹굴었다. 그렇게 어영부영 시간의 축제 속에서 겨울 방학은 반 토막이 났다. 그때는 학교도 짧은 자기만의 방학을 가지며 잠시 문을 닫아 버렸다. 그리고 다시 학교 문이 열리면, 나는 신나게 그곳으로 달려가 나만의 학기를 마무리했다.

학교 가는 길

- 겨울

우리 가족은 공원 끝자락에 붙어 있던 꽤 낡은 아파트로 이사를 갔다. 그곳 역시 우리가 처음 살았던 집처럼, 겨울이 오면 냉기가 집을 독차지해 버렸다. 아침이 오면 이불 속에서 나올 용기가 나질 않았고, 잠자리에 들 시간이 오면 오싹한 이불 속으로 들어가기가 겁이 났다. '엄마랑 할머니는 뭘 하고 계실까?' 콩여시를 낳고, 한 동안 두 분과 함께 한 방에 누워 두런두런 이야기를 나누다 잠이 들었던 생각이 났다. 겨울이 오면 할머니와 엄마의 온기가 가득했던 집이 더 그리워졌다.

거실 한쪽 벽을 반이나 차지할 정도로 덩치가 큰 히터가 있었지만 시원치 않았다. 제 한 몸 데우기에도 빠듯해 보였고 그저 거실의 볼품없는 장식품이나 다름없었다. 대강 고양이 세수를 하고 학교 갈 준비를 하고 나면, 그럭저럭 몸이 풀렸다.

묵직한 쇳덩어리 현관문을 힘껏 밖으로 밀어젖히면 싸늘한 아침 공기가 얼굴에 들러붙었다. 몇 초 동안 나는 뼛속까지 오싹거리는 냉기에 잠시 멈칫거리다 습관처럼 마당 한쪽 구석으로 걸어갔다. 그 곳은 사람들이 들락거리던 조금은 위태로운 지름길이 숨어 있었다. 그 길이 아니면 멀리 동네를 돌아야만 학교 가는 길에 들어설 수가 있었다. 시간을 반 토막 내버리는 그 길을, 사람들도 나도 잘 따라다녔다.

그 지름길 귀퉁이에는 사람들의 손을 타 번들거리던, 오래된 철 기둥 난간이 가파르고 좁다란 계단을 따라 줄지어 서 있

었다. 간밤에 내린 눈은 서커스를 하듯 철 기둥 위에 아슬아슬
하게 수북하게 올라앉아 있었다. 어느 날은 누군가가 먼저 지
나간 흔적을 어지럽게 남겨 놓았고, 내 차례가 오는 날에는 내
손 그림이나 발 그림이 먼저 그려졌다. 이른 아침, 아무도 지나
간 흔적이 없는 그 눈길을 걸을 때면 묘한 기분이 들었다. 내
뒤를 살금살금 따라오는 발자국들을 보면 어릴 때 부르던 동요
가 머릿속을 맴돌았다. '하얀 눈 위에 구두 발자국…'

　여기저기 굴러다니던 돌덩이와 깨진 시멘트 벽돌들이 삐뚤
삐뚤 조각을 맞추며 만들어진 그 계단은, 무명작가의 추상 작
품 같았다. 겨울이 오면 하얀 눈가루가 어설픈 계단의 흔적을
감추어 버렸다.

　그 계단은 요상한 리듬을 가지고 있었는데, 한 발짝씩 뗄
때마다 제멋대로 된 간격을 맞추며 내려가야 했다. 우리 몸에
익은 계단의 리듬과는 다르게 한 발을 놓기에도, 두 발을 놓기
에도 아주 난감한 계단이었다. 그러나 그곳을 오래 오갔을 때,
그 계단의 리듬은 내 몸에 익어 버렸고 마지막 계단을 길게 넘
어서면 동네 큰길의 옆구리로 툭하고 빠져나왔다.

　이른 아침, 안개에 취해 집들은 옹기종기 줄지어 앉아 꾸벅
꾸벅 졸고 있는 듯 보였다. 간혹 들려오는 어느 집 문지기의 컹
컹거리는 소리만이 뿌연 동네를 떠다녔다. 한국에 잠시 들렀을

때 아빠가 사 주신 두툼한 벙어리장갑이 걸을 때마다 눈언저리 밑으로 힐끔거렸다. 발걸음이 빨라질수록 입에서 뿜어져 나오던 희뿌연 입김은 내 얼굴을 칙칙하게 둘러쌌다.

어느 집 굴뚝에서 일찌감치 빠져나온 연기들이 가쁜 숨을 몰아쉴 때마다 한 주먹씩 입과 코 속으로 밀려들어 왔다. 순수 나무 타는 냄새는 아니었다. 어느 날은 집 안의 쓰레기들을 모두 모아 태우는 듯, 역겨운 냄새가 온 동네를 움켜잡았다.

두툼한 목도리 품으로 입과 코를 파묻고는 부지런히 걸음을 옮겼다. 학교에 도착하면 목도리는 언제나 축축하게 젖어 있었다.

늘 달음질치던 그 거리는 송아지만한 개들이 어슬렁거리며 돌아다녔다. 그들은 정해진 시간이 없었다. 커다란 쓰레기통을 지날 때면, 사람들의 정에 음식에 굶주린 개들의 흔적을 살피며 그 길을 오가야 했다. 특히 눈이 소복하게 쌓인 겨울날이면, 하얗게 깔린 눈 아래로 한 무더기씩 웅크리고 있던 똥 무덤들을 잘 가늠하며 사방 뛰기를 하듯, 그것들을 잘 피해서 다녀야 했다.

학교 가는 길의 끝머리에 접어들면 시냐꾸보 시장 뒷마당이 나왔다. 언제나 사람들로 북적이던 식당이 제일 먼저 눈에 들어왔다. 당근 빛 불빛을 타고 스프 끓이는 냄새가 문밖으로 새어 나왔다. 추운 겨울날의 스프 냄새는 맛을 보지 않아도 얼었던 몸이 풀리는 듯했다. 덜컹덜컹 채소 가게 문 여는 소리가 간혹 들려왔다. 시장 광장을 가로질러 그곳을 벗어나면 눈 무더기 사이로 아슬아슬하게 광이 난 트람바이 길이 겨울 햇살에 번득거렸다.

나는 그 길을 건너 학교 골목길로 접어들었다. 금방이라도 쓰러질 듯 허물어져 가는 돌담을 따라 걸어갔다. 얼어버린 풀 껍데기들이 내 발끝을 스치며 지나갔다. 주차장 앞, 나의 키다리 미루나무가 나란히 서서 내게로 다가왔다. 경비실 창문 너머로 불그레하게 새어 나온 불빛이 보였다. 벌써 경비 할아버지의 고운 빗질의 흔적이 계단 위에 그려져 있었다. 여러 뭉치의 눈 더미가 계단 가장자리에 들쑥날쑥 모여 앉아 있었다. 인색한 현관문을 피해 나는 학교로 들어갔다. 그렇게 몇 날을 오가다 보면 하얀 도화지 같았던, 학교 가는 길은 포근한 봄기운의 붓질에 자기 모습을 얼룩덜룩 드러냈다.

멈출 수 없는 기차

어려운 시기가 와도, 실망이나 포기란 단어가 떠오른 적은 없다. 아마도 고집 세고 철없는 내 성격 때문은 아닐까 싶다. 그러나 그곳 불가리아에서 같이 공부하던 친구들이 콩쿠르 준비로 밤낮없이 연습에 몰두해 있는 모습을 보고 크게 낙담한 적은 있었다. 특히 뻬뜨꼬 선생님이 여러 콩쿠르들을 추천해 주셨을 때, 나이 제한이란 넘을 수 없는 벽은 내 자신을 주눅 들게 만들었다. 안 되는 것은 안 된다고 자신을 달래 보아도 아쉬운 마음은 감춰지지 않았다. 박사 논문이 거의 완성되어 가던 무렵, 나는 친구를 따라 학생과에 들리게 되었고, 사무실 책상 한쪽 구석에 흐트러져 있던 다양한 콩쿠르 프로그램들을 무심히 뒤져보게 되었다. 그리고 마치 운명인양, 그 속에서 한 장의 프로그램이 눈에 들어왔다. 브람스 콩쿠르였다. 솔로 부분은 자격이 안 되었지만 실내악 부분에서 팀원들의 나이를 합쳐 참가가 가능했다. 그날 나는 콩쿠르에서 이미 대상을 먹은 사람처럼 감정을 주체할 수가 없었다. 학기 내내 클라리넷이 포함된 모든 브람스 곡들을 공부하고 있었는데 마치 하늘이 내려준 마지막 기회 같았다. 나는 그 기회를 절대 놓칠 수 없었다.

학기는 거의 끝나가고 방학이 코앞으로 다가왔다. 나는 같이 팀을 꾸려 도전할 파트너를 급하게 찾아야 했다. 콩쿠르까지 채 석 달이 못 되게 남은 시간이 아슬아슬했지만 내 자신감은 벌써 하늘을 날고 있었다.

불가리아 친구들은 대부분 형편이 그리 넉넉하지가 못했다. 그래서 그들은 선뜻 참가할 생각을 못하는 듯 했다. 같은 유럽에서 열리는 콩쿠르지만 교통비와 체재비, 그리고 참가비 등을 따져 보면 꽤 많은 돈이 필요했다. 그 덕분에 같이 참가할 동료를 찾는데 마음고생을 해야 했다.

학기 내내 반주법 수업을 도와주며 알게 된 엘레나는 한참을 고민하다 참가하기로 결정했다. 우리는 클라리넷, 피아노, 첼로로 구성된 앙상블 팀으로 결정하고 첼리스트를 찾아 나섰지만, 어렵게 찾은 친구마저 이런저런 사정으로 포기하고 말았다.

처음의 기대와는 다르게 파트너 구하는 일에 이 주가 그냥 지나가 버렸고 불안한 느낌이 들기 시작했다. 게다가 함께 참가하기로 했던 엘레나는 피아노 솔로 파트에도 지원을 하겠다며 나와 대립하기에 이르렀다. 급기야 그녀는 우리가 연습해야 할 곡은 뒤로하고 자기 곡에 전념하기 시작했다. 나에게는 마지막 콩쿠르가 될지 모르는데, 배신감에 앞이 보이질 않았다. 결국 우리는 철천지원수처럼 헤어지고 말았다. 그런 와중에 중간 논문 시험이 통과되었다.

시작한 일 하나 없이 여름방학이 되었지만 내가 할 수 있는 일은 오직 연습 밖에 없었다. 7월의 숫자들이 넘어가던 어느 날, 한 통의 반가운 전화를 받았다. 피아노과 디모디모 교수님께서 제자를 소개시켜주셨다. 시간도 파트너도 충분하지 않았지만 엘레나에게 배신당한 분한 마음만 가득 차 있던 나는, 스스로도 멈출 수 없는 열차를 타 버리고 말았다.

소개 받은 친구의 전화 목소리는 매우 긍정적이었고 그동안의 마음고생을 조금은 덜어 주었다. 그러나 그녀가 오래전에 학교를 휴학하고 재즈 악단에서 키보드를 치고 있다는 것이 마음에 걸렸다.

그때까지 만났던 피아노과 친구들은 처음 보는 악보들을 빨리 이해했고, 기술적으로도 문제가 없었다. 그래서 나는 그녀의 기술적인 습득에 대한 걱정은 하지 않았다.

그녀는 개인 연습을 하고 일주일 후에 연락을 주겠다는 약속을 했다. 그러나 일주일이 지나도 그 친구에게선 연락이 없었고 나는 커져만 가는 불안감에 초조해지기 시작했다. 급기야 열흘이 지나갔고 무작정 전화를 기다릴 수가 없었던 나는 망설임 끝에 조심스럽게 전화를 걸었다. 약속을 지키지 않았다는 것에 대한 괘씸한 생각도 들었지만 어렵게 구한 파트너라 나는 모든 불만들을 혼자 삭혀야만 했다.

우여곡절 끝에 첫 연습을 맞췄지만, 불안감 속의 의심은 현실이 되었어버렸다. 재즈 피아노 건반에 길들여진 그녀의 감각들을 단시간에 클래식 피아노 소리로 바꿀 만한 그 무엇도 보이지 않았다. 나의 절망감을 눈치 챈 것일까, 그녀 역시 말 한마디 하지 않고 첫날의 연습을 끝냈다.

서로간의 어떠한 타협도 이해도 없이 채 한 달도 남지 않은 시간만이 나를 오기와 미움으로 가득 차오르게 만들었다.

나에게 핀잔을 들으며 때로는 절망하고 화가 난 자신과도 싸우며, 파트너는 힘겹게 따라와 주었다. 그러나 나는 그것을 알아주기는커녕 독설만 가득 토해냈다. 나는 미쳐가고 있었다. 마지막 콩쿠르, 복수심, 오기… 어두운 감정들이 어느 틈에 내 정신에 파고들어 나를 흩뜨러 놓았다.

어느 순간 우리 둘은 파트너라기보다 엄한 선생님과 학생의 관계처럼 되어 버렸고 보이지 않은 둘만의 신경전은 언제 터질지 모르는 시한폭탄처럼 변해 있었다. 그렇게 위태위태한 우리는 처절한 여름방학의 끝을 향해 굴러갔다.

8월의 끝자락, 우여곡절 끝에 우리는 오스트리아에 도착했고 이변은 없었다. 우리 팀은 너무도 아쉽게 턱걸이로 예선에 탈락했고, 나를 배신한 엘레나는 피아노 부분 특별상을 받게 되었다.

내 몸 가득 들어차 있던 지저분한 감정들이 콩쿠르가 끝나자 모두 사라져버렸다. 아쉽다거나 속상한 마음은 들지 않았다. 그저 속이 텅 비어 버린 것만 같았다. 무엇을 위해 그리도 못생긴 나를 만들어 갔을까,

그러나 내 파트너 칼라나는 울고 또 울었다. 재즈 피아노에

익숙해 있던 손과 귀를 바꿔 보려고 밤낮을 가리지 않고 피나게 연습했는데, 나는 그 친구의 노력을 단 한 번도 헤아려 준 적이 없었다. 그렇게, 나만의 복수심과 이기심을 위해 달려갔던 그 대회는 막을 내렸다. 이제와 그때를 돌이켜 보면 별것도 아니었는데 분에 가득 찬 내가 이리저리 뛰어다니는 모습만 보인다. 시간도, 실력 있는 파트너도 따라 주지 않았던, 내 인생의 마지막 국제 콩쿠르. 결과만이 남들에게 보였지만, 나는 그 콩쿠르로 인해 약속과 성실함으로 음악을 대하는 것이 새삼 중요하다는 것을 더 깊게 새기게 되었다. 음악은 일등도 이등도 아니고 기교도, 욕심도 아니다. 진실한 마음이 있어야 함을 음악이 내게 교훈을 주었다.

만약의 역사는 없다고 누군가 그러던데, 약삭빠른 기회주의자, 엘레나를 이제와 생각해 보면 '그녀라서 그럴 수도 있겠다.' 싶다. 그래도 만약 다시 기회가 주어진다면 어렵다는 걸 알면서도 온 힘을 다해 도전한 내 파트너, 칼라나와 또 함께할 것이다. 우리에게 주어진 시간은 짧았지만 나와는 다르게 그녀는 진실한 마음으로 자신이 할 수 있는 모든 것을 쏟아 부었다.

살다 보면 언젠가는 또 멈출 수 없는 기차에 올라타는 날이 올지도 모른다. 그러면 나는 또 헤매겠지만 또 타 봐야 나만의 유산이 쌓여갈 것이고, 그것이 내 삶과 음악에 바탕이 되지 않을까 싶다.

클라리넷으로
생각하기

클라리넷을 전공하기 전, 초등학교 음악 시간에 리코더와 멜로디언을 분 것이 내 음악의 전부였다. 그래서 뒤늦게 시작한 악기는 몸을 뒤틀리게 만들 정도로 힘든 일이었다.

나는 나의 클라리넷이 내 생각대로 소리 나기를 간절히 원했고, 내 몸의 한 부분처럼 느껴지길 바라며 열심히 연습했다. 그러나 그것은 어릴 적 자전거를 배우던 그 느낌과는 매우 달랐고, 때로는 익숙하지 않은 세심한 손가락의 움직임으로 손은 쥐가 나고 더 제멋대로 움직였다. 그러나 어떤 일이든 고비가 있는 것처럼 그것을 넘어야만 다음 단계로 올라설 수 있다는 것을, 나는 미련스러운 반복 연습으로 알게 되었다.

대학에 진학 후, 나는 기술적인 연습을 하는 것 외에는 딱히 변한 것이 없었던 것 같다. 소리를 어떻게 들어야 하는지에 대한 기준도, 다양한 경험도 내 안에 들어 있지 않았다. 그저 고운 소리에 대한 열망과 기술 연습에만 몰두할 뿐이었다. 어떻게 소리를 내야 하는지에 대한 고민으로 대부분의 대학 생활을 보냈다. 한동안은 정체된 시기가 계속되었는데, 아마도 사람들이 말하는 슬럼프는 아니었을까 싶다. 그러나 그 머무름도 나쁘지만은 않았다는 것을 시간이 가니 깨닫게 된다. 어떠한 과정이든 내 마음을 쏟는다면 시간이 더디게 가도 그것은 후에 내 편이 된다는 것을 클라리넷이 가르쳐 주었다.

대학을 졸업하고 몇 년 뒤, 대학원에 진학하게 되었다. 나는 운이 좋게도 독일에서 작곡 공부를 하고 오신 교수님께 논문 지도를 받게 되었다. 교수님은 독일에서 작곡 활동도 하셨고, 수많은 현대 작곡가들과의 교류도 있으신 것 같았다. 나는 그때 처음으로 현대음악이란 장르를 통해 소리에 대한 생각을 구체적으로 하게 되었다.

교수님은 첫 수업이 끝나고 아주 극적인 현대음악 연주회에 초대해 주셨다. 나는 그때 현대음악을 처음 듣게 되었다. 무대에 들어선 피아노 연주자의 옷차림도 예사롭지 않았지만, 항아리 속에 흰 종이를 태우는 행위나 피아노를 어르고 달래다 부서질 듯 내려치는 기법들은 너무나 생소하게 다가왔다. 객석 이곳저곳에서 들리던 막힌 웃음소리도 그 당시 현대음악이 얼마나 낯선지를 잘 보여 주었던 예였다. 대학 시절, 고전과 낭만 음악만을 접하며 흔히들 말하는 잘생긴 소리만을 고집했던 나는, 그 모든 것을 뒤엎은 못생긴 소리들이 음악의 또 다른 부분이란 사실에 눈을 뜨며 대학원 공부를 마치게 되었다. 하나만 고집하던 습관에서 벗어나기 시작했고, 특히 소리에 대한 생각이 조금씩 달라지자 악기와 몸을 쓰는 방법도, 호흡도 저절로 바뀌어 갔다. 그리고 조금씩 내가 원하는 소리를 끄집어 낼 수 있게 되었고, 기법에 얽매이던 지루한 연습이 사라지게 되었다.

불가리아에 도착 후, 나는 음악에 있어서만큼은 편식을 버리자고 마음먹었다. 입학 전, 빼뜨꼬 선생님께 레슨을 받는 것이외에도, 그곳에서 알게 된 유학생들을 따라 종종 피아노나 성악 레슨을 따라다녔다. 입학 후에는 다른 전공 강의실 문도 열심히 두드렸다. 현악기와 관악기 그리고 피아노나 재즈 수업도 가리지 않았고 다른 전공과목 강의실을 들락거렸다. 다행히도 학교의 모든 강의는 학생들에게 활짝 열려 있었고, 나는 그 기회를 놓치지 않았다.

학교에서 열리는 다양한 마스터 클래스는 악기 종류에 상관없이 거의 빠짐없이 참여하였다. 나는 늘 학교 입구에 걸려 있던 게시판을 주의 깊게 보았다. 벽을 가득 메운 프로그램들은 연주회와 다양한 마스터 클래스에 관한 것들이었다. 독일의 유명 대학에서 온 호른 전공 교수, 트럼펫 연주자, 미국의 유명 오케스트라의 첼로 연주자, 차이코프스키 음악원의 피아노 교수, 모차르트의 페달 기법만을 연구하는 교수 등등 다양한 연주자와 교수들의 강의를 들었다. 덕분에 박사과정 마지막 학기에는 독일에서 온 현대 작곡가의 즉흥 연주회에서 연주를 하게 되었다.

나는 다른 전공 악기들을 통해 악기와 몸을 어떻게 사용하는지, 음악 해석에 관한 그들의 논리나 생각들은 무엇인지, 클라리넷 기법과는 어떤 연관성이 있는지에 관해 자세히 관찰할 수 있었다.

그들은 각각 다른 악기들을 다루었지만 그것은 다른 방향에서 왔을 뿐, 음악을 향한 그들의 목표는 같은 곳을 향해 있었다.

　나는 어느 순간 숲을 보는 듯, 기법이나 음악적인 부분들이 한눈에 들어오기 시작했고, 그것은 하나의 띠처럼 연결되어 갔다. 나에게는 또 다른 배움이 되었고 내 논문의 연구 목적이었던 클라리넷의 현대기법과 낭만기법간의 연관성을 찾는 연구에도 많은 도움을 주었다.

　나를 떠나 내 음악을 들을 수만 있다면, 그것은 녹음된 내 자신의 음악을 듣는 것 외에는 불가능하다 생각했다. 그러나 그것은 사실이 아닐 수도 있다. 내가 의도한 대로 행해진 소리나 해석들이 다른 이들에게 전달될 때, 관객과 연주자 사이에서 벌어지는 여러 가지 일들에 대해 생각해 볼 수 있다. 연주자와 관객은 주는 자와 받는 자의 관계는 아니다. 그것은 음악뿐만이 아니며 모든 예술 분야는 분명 '느낌'이란 대화법이 존재한다. 나는 연주자도, 청중도 아닌 제 3자가 되어 그 관계를 지켜보는 것에서 의문하게 되었고 생각하게 되었다.

　학교가 문을 닫는 날이나 잠들기 전에, 나는 거르지 않고 하는 연습이 하나 있었다. 머릿속으로만 음향을 듣는 연습이었다. 나는 클라리넷 악보가 아닌 전체 악보를 놓고 클라리넷 없이 연습을 했다. 그 연습이 끝나고 잠자리에 들면 음악 전체가 귓가에 맴돌았다. 그 연습은 다음날까지 여운이 남는 특별한 연습 중에 하나였다.

'클라리넷으로 생각하기'는 클라리넷이 내 몸의 한 부분이 되어 가는 과정에서 얻은 것들이며, 생각의 문을 닫지 않는 한 알고자 하는 다음 단계의 문을 꼭 열어 주었다.

봐도 봐도 질리지 않는 꽃,

아이들

#
STORY 5

사　　　　　　　랑

내 사랑 콩여시

나는 우리 엄마의 딸이며, 우리 할머니의 손녀딸이다. 그리고 내가 엄마가 되기 전까지는 내리사랑이란 말에 대해 당연함만을 가지고 사랑을 독차지하며 살았다. 그리고 내가 부모가 된 후에야, 내리사랑에 대한 의미를 알게 되었다.

콩여시는 결혼한 지 10년 만에, 거의 포기한 상태에서 기적처럼 우리에게 왔다. 몸이 약한 나는 아기가 들어서자마자 자연유산이 되었고, 시간이 지나면서 습관성 유산이 되어버렸다. 그래서 콩여시를 가졌을 때, 나는 미래를 생각할 여유가 없었다. 그저 주어진 하루하루를 잘 보내는 것이 곧 나와 아기의 미래였다. 그때의 간절함은 껍질 없는 노른자를 품은 어미의 심정 같은 것이었다.

남편의 큰 사고 때도, 우리 콩여시를 가졌을 때도 나의 희망적인 고집은 힘겨웠던 그날그날을 잘 넘기게 해 주었다. 그리고 배 속의 콩여시를 꼭 붙들어 주었고, 한 순간도 놓지 않게 해 주었다. 그러나 그런 어려운 상황은 나만의 것은 아니었을 거라고, 미루어 짐작해 본다. 콩여시 역시 배 속에서 나의 절박함을 느끼지는 않았을까, 싶은 생각이 문득 들 때가 있다.

콩여시가 태어나 배 꼭대기에서 오물오물 젖을 물고 나와 눈을 맞출 때면, 나는 기적이란 단어만 떠올랐다. 콩여시는 배 속에 있을 때도, 태어난 이후에도 씩씩하게 잘 자랐다. 잠이 오면 슬그머니 혼자 잠을 잤고, 깨어나면 배시시 웃으며 방에서 기어 나왔다. 콩여시는 내 몸속 구석구석에서 좋은 것, 사랑스러운 것, 나를 행복하게 해주는 모든 긍정적인 감정들을 끝도 없이 솟아나게 만들어 주었다. 그것은 엄마가 되기 전에 한 번도 느껴보지 못했던 감정들이다. 그러나 그런 마음에도 나는 좋은 엄마는 되지 못했다.

문득, 꿈에서 어린 나를 만난다. 언덕 너머로 멀어져 가는 엄마를 목 놓아 부르다 깨어나는 꿈의 기억이다. 어린 시절, 엄마와 자주 떨어져 지냈던 서운함이 케케묵은 먼지 더미처럼 내 안 어딘가에 쌓여 있었나 보다. 아이들에게 엄마의 빈자리는 가장 큰 두려움이었을 것이다. 우리 콩여시의 기억 속 어딘가에 나의 어린 시절의 잔상들이 대물림되지 않았을까? 돌이킬 수 없는 후회에 가슴이 먹먹해진다.

콩여시가 한 살 반이 되었을 때, 우리는 모든 것을 정리하고 불가리아 행 비행기에 몸을 실었다. 그리고 콩여시의 초등학교 일학년 첫 학기가 막 시작된 4월 초순에 부랴부랴 한국으로 돌아왔다.

돌이켜 보면 늦은 유학은 두려움과 초조함의 연속이었다. 입학하기 전까지, 나는 일 년 반을 집에서 공부하며 가족들과 보냈다. 그러나 연습하는 동안 잠긴 문 너머로 엄마를 애타게 찾는 콩여시의 울음소리를 한동안 들어야 했다. 그럴 때면, 남편은 콩여시를 데리고 공원이나 놀이터를 돌아다녔다. 잠시라도 틈이 나면 내 품을 파고들어 젖을 만지작거리며 나를 바라보던 콩여시의 그 애 마른 눈빛이 떠오른다.

학기가 시작되고, 떨어져 있는 시간이 많아지자 콩여시는 엄마를 체념하는 듯 했다. "학교 다녀올게."라고 인사하면 콩여시는 "엄마, 안녕."을 꾸벅꾸벅하며 배웅을 해 주었다. 그리고는 길가에 붙어 있는 침실 창가에 매달려 내 모습이 보이지 않을 때까지 손을 흔들어 주었다. 내 딸, 콩여시는 따뜻한 아이였다. 그리고 엄마가 필요했던 아주 작은 아이였는데… 정 많은 우리 콩여시가 눈에 아른거린다.

콩여시가 네 살 반이 되었을 때, 남편과 나는 콩여시를 유치원에 보내기로 했다. 우리는 콩여시가 불가리아어도 자연스럽게 배울 수 있고, 친구들도 사귈 수 있겠다는 둘만의 생각을 했다. 그리고 그 편리한 생각은 콩여시에게 힘든 시간이 되어 버렸고, 그 시간이 한참 지나고서야 우리는 그 사실을 알게 되었다.

유치원 가는 첫날, 여시는 흥분되고 두려운 얼굴을 하고 있었지만 가기 싫다는 말은 단 한마디도 하지 않았다. 어느 아이들은 떼를 쓰기도 하고 울기도 한다는데, 어리석게도 나는 다행이란 생각을 했었다.

유치원에 도착한 그날, 선생님은 아이들이 모여 있던 이층 홀로 나를 안내해 주었다. 식당에는 고만고만한 아이들이 꼬마 의자에 둘러 앉아 아침을 먹고 있었다. 그날의 아침 식단은 아무리 시간이 지나가도 잊혀지지 않는다. 시큼한 불가리아 식 요구르트 냉국 타라토르ᵗᵃᵖᵃᵗᵒᵖ와 거친 베개 빵, 그리고 커다란 양은 주전자에 들어 있던 레몬차였다. 콩여시가 먹어보지 않은 음식들이었다. 하늘색 조끼 원피스에 짧은 머리를 끌어모아 양 갈래로 묶은 여시는, 친구들 틈에 끼어 오밀조밀한 의자에 앉았다. 그리고 빙 둘러 앉아 있던 친구들을 따라 빵을 떼어 입에 넣기 시작했다. 마치 꼭 그래야만 하는 것처럼, 불안한 표정과 어색한 웃음이 콩여시 등에서 느껴졌다. 나는 미처 몰랐다. 콩여시를 낯선 환경에 내던져버린 것을…

콩여시는 뒤돌아 "엄마, 안녕."을 애써 우물거리고는 계속해서 빵을 떼어 입에 넣었다. 나는 지금도 그 '안녕'이란 콩여시의 목소리가 마음속에서 메아리칠 때가 있다.

시간이 가도, 그날의 일들은 왜 희미해지지 않는 것일까. 나는 가끔 콩여시에게 묻는다. 그때 일들이 기억 나냐고, 그러면 콩여시는 그런 일이 있었냐고 되묻는다. 함께 해 주지 못 했던 그 지나간 순간들만이 나를 고문할 뿐이다. 아마도 그것은 내가 부모로 죽는 순간까지 계속될지도 모른다.

유치원 입학 후, 반년이 지나서 콩여시는 불가리아 말이 터져 나오기 시작했다. 단짝 친구 마리아도 생겼고, 아침마다 콩여시를 보면 반갑다고 달려들어 안아 주는 잘생긴 남자친구 알렉산드르도 있었다. 나는 유치원 담 너머로 불가리아 친구들과 마당에서 조잘조잘 떠들며 노는, 콩여시를 볼 수 있었다. 이런 날이 오기까지 콩여시가 얼마나 많은 외로움을 혼자 감당해야 했을지, 나는 상상조차 할 수 없었다.

어느 날 밤, 나는 무심코 콩여시의 잠꼬대 소리를 듣고 깜짝 놀라 밤새 잠을 잘 수 없었다. 그동안 유치원에서 외국인이라 따돌림도 당하고, 혼자 구석진 곳에서 놀았다는 말을 선생님으로부터 전해 들었다. 엄마가 얼마나 보고 싶었으면 엄마한테 가고 싶다며 불가리아말로 잠꼬대를 했을까. 좋은 것만 기억하고 싶은데 기억은 가끔 잔인하게 군다.

나의 초등학교 때 일이 어렴풋하게 떠오른다. 입학 초기에 나는 학교에 가지 않으려고 엄마를 한동안 힘들게 한 적이 있었다. 그래서 아침마다 우리 집 앞을 지나시던 담임선생님 손에 이끌려 학교에 가곤 했다. 지금의 내 기억 속에는 그 학교도, 친구들도 너무도 낯선 존재로 남아 있다. 시간이, 세월이 한참을 지나 이렇게 멀리까지 왔는데도 그 기억은 늘 나를 따라다닌다.

우리 학교는 일찍 도착해야만 연습실을 차지할 수가 있었다. 그래서 콩여시와 유치원 가는 날이면 자작한 발걸음을 재촉해야만 했다. 내 손에 딸려 가다 어느 날은 엎어져 무릎이 까이고, 신발이 벗겨지는 일도 있었다. 그러나 콩여시는 가끔이라도 나와 함께한 유치원 가던 길을 행복해 했다. "엄마, 세시에 가져가!" 콩여시의 간절함이 마음속을 맴돈다. 나도 우리 엄마에게 그랬었는데 왜 그 말을 들어 주지 않았을까. 이 세상에 완벽한 부모는 존재하지 않는 것 같다. 그리고 크든 작든 자식에 대한 후회를 안고 살아가는 것이 부모인 것 같다. 아마도 그것이 내리사랑에 대한 또 다른 모습은 아닐까.

어린 콩여시는 나름의 외로움을 달래려 했는지 다섯 살이 넘게 젖을 물고 잤다. 지금도 가끔 옆에서 잠이 들면 습관처럼 내 젖가슴을 뒤진다. 이제는 엄마를 원하고 바라만 보던, 어린 콩여시는 가고 없다. 지금은 내가 콩여시를 기다리고 바라보지만, 여시는 어느덧 자라서 나만 바라보지 않는 나이가 되어 버렸다.

학교에서 돌아오는 시간되면 콩여시는 현관문을 열자마자 "엄마! 엄마!"를 외치며 들어온다. 내 사랑, 콩여시가……

우리 할머니

할머니가 돌아가신 후, 몇 년 동안은 할머니의 빈자리를 더듬으며 헤매고 살았다. 그러나 어느 순간, 나를 위해 애쓰신 할머니의 모든 것을 헛되게 하지 말아야 한다는 생각이 들었다. 나는 할머니에 대한 생각을 단 하루도 놓아 본 적이 없다. 그러나 할머니 생각을 깊게 하지 않으려 한다. 나는 이 책에서도 우리 할머니의 이야기를 제일 늦게 마무리했다.

우리 할머니는 돌아가시기 전까지 대전에 사셨다. 그리고 나는 그곳을 자주 오갔다. 지금은 그렇게 하고 싶어도 할 수 없지만 할머니가 계셨던 그곳에 가는 날에는 일찌감치 설레는 마음과 함께 집을 나섰다. 할머니는 항상 나를 기다리시며 밥을 지어 놓으셨고, 그 수수한 밥상에는 할머니가 나를 사랑하는 모든 것이 담겨 있었다.

할머닌 내가 좋아하는 알밤들을 밥솥 가득 올려 밥을 지으셨고, 빼곡하게 올린 밤 중에 제일 크고 굵은 것들만 골라 밥 위에 올려 주셨다. 그리고 파근파근한 알밤들이 내 입속으로 쏙쏙 들어갈 때마다, 할머니는 내 궁둥이를 토닥거려 주셨다. 그 순간이 너무도 행복해서 어느 날은 할머니와의 헤어짐이 두려웠던 적도 있었다.

나와의 이별이 다가올 때면 할머니는 골목길 끝자락에 늘 서 계셨고, 내가 보이질 않을 때까지 손을 흔들어 주셨다. 그때마다 할머니의 사랑이 따라오는 것만 같았다.

할머니의 그 마음을 알까? 자식을 낳은 어미가 되었어도 그 사랑이 얼마만큼 큰 것인지, 나는 지금도 가늠할 수가 없다.

어릴 적부터 몸이 약했던 우리 엄마는 집안의 제일 큰 걱정거리였고, 그 걱정은 엄마가 시집을 가고 두 아이 엄마가 되었어도 할머니와 할아버지의 마음을 늘 불안하게 했다고 한다. 덕분에 나는 삼촌들이나 두 살 터울의 막내이모를 모두 제쳐 두고, 할머니의 품을 독차지하며 자랐다.

나는 어릴 때 개구쟁이였다고 한다. 그래서 까칠한 큰이모의 야단을 들은 적이 한두 번이 아니었다. 아빠가 늘 '독사 이모'라고 부르던 큰이모의 불같은 화를 피해 할머니의 넓은 치마폭 속에 숨어 있던 생각이 난다. 할머니는 언제나 나의 든든한 피난처가 되어 주셨고, 나를 찾는 큰이모의 비명에 가까운 소리가 한바탕 휩쓸고 지나가면 치마폭 속에서 나를 꺼내 주시며 웃으셨다.

우리 할머니는 단 한 번도 나에게 역정을 내신 적이 없다. 늘 이유부터 물으셨고 다독여 주시거나 용기를 주셨다. 그런 할머니의 모습은 어린 나 스스로에게 더 부끄러운 마음이 들게 했다. 그것은 심한 야단을 맞은 후에 하는 반성과는 다르다. 할머니는 나의 부족함도 존중해 주셨고, 내 마음을 알아준 유일한 분이셨다. 내가 나이를 먹고 내 딸 콩여시를 대할 때면, 그

것이 얼마나 어렵고 중요한 일이지를 생각하게 한다. '사람의 마음을 알아주는 것'

가끔은 할머니의 선비 같은 곧은 심성과 선한 마음이 어떻게 늘 한결같으셨을까, 생각해 본다. 살다 보면 사람에, 환경에 이리저리 치여 내 의지와는 상관없이 다른 모습으로 변해 갈 수도 있다는 것을 느끼게 된다. 할머니가 살아온 그 세월을 다는 알지 못해도 순탄하지만은 않았다는 것을 어림짐작할 수 있다. 그 속에서도 곧은 마음가짐과 순수함을 잃지 않으신 할머니를, 나는 존경하고 사랑한다. 어릴 때는 몰랐다. 어떠한 순간에도 인간다움을 지켜나간다는 것이 얼마나 힘든지를.

할머니는 4살 때, 어깨 너머로 천자문을 터득하셨을 정도로 천재셨다고 한다. 한문과 일본어에 능통하셨고, 돌아가시기 전까지도 독학으로 영어와 독일어 공부를 짬짬이 하시며 우리들을 놀라게 하셨다. 그때의 연세가 여든이 넘으셨다. 엄마와 큰이모는 입을 모아 "정말, 우리 엄만 대단하셨어!"라며 할머니를 회상한다.

나의 영혼과도 같았던 우리 할머니는, 내가 유학을 마치고 돌아온 이듬해에 아주 먼 곳으로 떠나셨다. 내가 음악을 선택했을 때도, 유학길에 오를 때도 언제나 나를 지지해 주셨고 응원해 주신 우리 할머니.

클라리넷을 시작했을 때, 할머니의 지지가 없었더라면 나는 지금쯤 다른 일을 하고 있지 않았을까, 생각해 본다. 만만치 않은 레슨비와 악기 값은 딸에게 음악을 가르쳐야 되는지 엄마를 잠시 망설이게 했다. 그때 할머니께서 선뜻 악기를 사 주시겠다고 하지 않았다면, 아마도 엄마는 집에까지 찾아오신 선생님의 권유를 뿌리쳤을 지도 모른다.

돌아가시기 전까지, 할머니는 내 모든 연주회를 함께하셨다. 먼 지방에서 연주가 있을 때에도, 연주가 끝나고 돌아오는 늦은 밤길에도 늘 내 옆에 할머니가 계셨다.

할머니가 돌아가시고 얼마 후, 서울에서 나는 귀국 연주를 했다. 어디쯤엔가 한복을 곱게 차려 입으신 할머니가 계신 것만 같았다. 한동안은 할머니의 빈자리에 먹먹해진 클라리넷 소리만 떠다녔다.

할머니가 보고 싶어 애를 쓰면, 엄마는 할머니 이야기를 해 주셨다. 불가리아에서 공부하는 동안 할머니는 여러 밤을 지새우며 기도를 하셨다고 한다. 그리고 그 일이 얼마나 힘든 일인지, 할머니가 나를 얼마나 사랑하는지를 상기시켜 주었다. 할머니는 언제나 나를 믿어주셨고, 결국 나는 박사 학위를 받았다.

가끔 현실적인 일에 치여 마음이 힘들어지고 그것에 빠져드는 순간이 오면, 수많은 밤을 지새우며 나를 위해 기도하신, 우리 할머니 생각을 한다.

•

내 남편

재욱이

내 남편, 재욱이와 나는 열두 살 차이가 나는 띠동갑 부부다. 처음 남편을 만났을 때, 나는 남편의 나이를 짐작조차 할 수 없었다. 그러나 알고 난 후에도 달라질 것은 없었다. 그저 남편의 숫자는 나에게 무시될 뿐이었다.

남편과의 첫 만남은 살랑거리는 초록의 봄날을 맞은 것만 같았고, 남편의 교통사고는 뜨거운 뙤약볕에 갈라지고 터진 진흙바닥처럼 너무도 아팠다. 그리고 콩여시를 얻었을 때, 우리는 가을날의 자비로운 계절을 맞이한 듯, 더 없이 풍요롭고 기쁨으로 넘쳐났다. 그러나 불가리아에서 우리는, 꽁꽁 얼어붙은 겨울날의 벌거벗은 들녘처럼 시리고 정체된 날들을 보내야 했다.

남편을 처음 만났을 때, 나는 꿈 많은 여대생이었다. 그때처럼 꿈에 대한 자신감과 기대감이 넘쳐 난 적이 또 있었을까, 생각해 본다. 나는 남편을 만나는 일로 내 꿈이 좌절되거나 변할 거라는 생각은 조금도 해 본 적이 없다. 그것은 남편이 나에게 준 믿음과 약속 때문이기도 하다.

결혼 후, 거의 십여 년 만에 어렵게 유학을 갔고, 그 어느 때보다 나는 더 열심히 공부해야 하는 목표가 있었다. 그 목표는 그곳에서의 외로움이나 그리움을 잘 참고 넘어가게 해 주었다. 그러나 그런 나와는 달리 남편은 오로지 나와 어린 딸을 위해 가족으로, 보호자로 그곳에 함께했다. 그래서 가끔은 나에게 심술 아닌 심술을 부렸던 것 같다. 왜 매일 악기를 불어야 하는 지를 이해하면서도 이해하기 싫었던 남편, 내가 좋아서 선택한 그 길이 아무리 힘들어도 나만의 일이라며 생뚱맞은 말들을 늘어놓았던 남편… 나는 그런 남편을 이해하려 하기보다 왜 내 사정을 몰라줄까, 야속한 생각만으로 남편을 대했다. 그리고 시간이 가면 갈수록 서로의 다른 목소리는 서운함으로 쌓여 갔다.

유학 초기에 남편은 이 동네 저 동네 탐사를 다녔고, 그곳 사람들을 사귀며 잘 적응하는 듯 보였다. 그리고 그곳에서 사귄 한국인 가족과도 자주 왕래를 하며 시간을 보냈다. 그러나 그런 만남이 남편의 외로움을 달래주지는 못했던 것 같다.

불가리아에서 5년을 살아가는 동안, 그곳의 문화나 생활습관 그리고 음식이나 언어에 대해, 우리는 나름대로 잘 적응했고 크게 어려운 것은 없었다. 그러나 사람간의 마음적인 습관들은 가장 적응하기 어려운 부분이었다.

그곳에서 나는 독주회의 앙코르 곡으로 한국 가곡인 '남촌'을 연주한 적이 있다. 연주회가 끝나고 마음이 울컥했다는 교민들의 이야기를 전해 들었다. 어떠한 말이 없어도 고국을 떠나 타국에서 느끼는 마음들은 하나인 것 같았다. 고국이라는 것의 의미는 가족, 친구들과 보낸 시간들, 내 습관들, 나의 모든 것들을 한 보따리에 차곡차곡 쌓아 놓은, 친정 같은 곳이다.

나 역시 몸은 바빴어도 이유 없이 늘 허전한 마음이 들었다. 아마도 남편은 나보다 더한 허전함과 공허함을 혼자 겪었을지 모른다. 그곳에서 느꼈던 불안함, 앉지도 서지도 못하는 그런 붕 뜬 마음은, 한국에 살면서 한 번도 느껴 보지 못 했던 묘한 감정이었다. 꼭 집어 말할 수는 없지만, 엄마 손을 놓친 어린아이 같은 느낌이 아닐까.

남편은 사람들을 좋아한다. 가족과 모여 앉은 밥상에서 밥알을 튕겨 가며 수다를 떨고, 친한 친구와 김치 한쪽에 소주한 잔을 기울이고, 짐 보따리와 고생보따리들을 하나 가득 실은 자동차를 몰고 이리저리 발길 닿는 대로 떠나는 여행을 좋아하는 사람이다. 그런 남편에게 마음 닿는 친구 하나 없는, 말설고 물 설은 불가리아는 지극히 어려운 현실이었을 것이다. 더욱이 한참 호기심이 발동하는 어린 자식을 돌본다는 것 또한 경험 없는 아빠로써 힘들었을 것이다.

점점 낯선 이처럼 변해 가는 남편의 눈빛을 피해, 나는 학교로 달아났다. 무엇보다 서울로 돌아가자는 말이 나올까 봐, 그냥 겁이 났다. 내가 어떤 상황에 놓이든 항상 감싸 주시던 할머니도, 부모님도 안 계신 그곳에서 달아날 곳은 학교밖에 없었다. 나를 인정해 주는 사람들이 있는 학교가 언제부터인가 나의 피난처가 되어버렸다. 그리고 그런 상황에 몰릴수록 남편과의 골은 깊어져만 갔고, 나는 미련스러울 정도로 박사 공부에 더 매달렸다.

남편은 몰라라하는 나만을 바라보다 지쳤는지 아니면 체념을 했는지, 나름 그곳 생활을 적응하려 노력하는 듯 보였다. 콩여시가 커 갈수록 남편은 모든 것을 어린 딸에게 쏟아 부었고, 아침부터 저녁까지 이것저것을 함께하며 바쁘게 시간을 보냈다.

남편은 정도 많고 특히, 아이들을 좋아하는 따뜻한 사람이다. 그래서 남편과 나 사이에 구름이 잔뜩 낀 날이 와도 남편의 그런 성품에 다른 것들이 부질없다는 것을 안다. 나는 그런 정 많고 따뜻한 남편을 지독하게 신뢰한다. 아마도 그것은 지금까지 살면서, 남편이 나에게 심어 준 가장 큰 믿음이 아닌가 싶다.

남편은 자신만의 사랑방식으로 우리 콩여시를 잘 보살폈다. 잔잔하게 앉아서 책을 읽어 주거나 자잘하게 놀이를 하며 돌봐 주는 성격은 아니었지만, 사람들을 만나면 먼저 다가가서 이야기하는 아이로 자라게 해 주었다.

언제나 남편의 주머니 속에는 새콤달콤한 사탕들이 가득 들어 있었다. 우리 집 부엌 찬장 위에는 커다란 사탕 봉지가 군데군데 숨겨져 있었다. 남편은 간혹, 그 위치를 잃어버리고는 또 다른 장 위에 커다란 사탕 봉지를 올려놓기도 했다. 의자를 놓고 집안에 있는 장 위를 훑어보다 보면, 웃음이 났다. 남편은 콩여시와 외출을 할 때면, 그 사탕들을 한 주먹 주머니에 넣고 나가는 것을 잊지 않았다. 그곳의 어린 아이들이나 할머니, 할아버지를 만나면 콩여시 손에 사탕을 쥐어 주며 나눠 주게 했다. 특히 집시들이나 구걸을 하는 노인들에게는 더 공손하게 사탕이나 돈을 건네도록 가르쳤다. 그래서인지 콩여시는 늘 긍정적이고 예의 바른 아이로 자랐다. 콩여시는 우리 아파트에서 인사를 제일 잘하는 학생으로 모르는 이웃이 없다. 어울려 사는 것을 먼저 배운 콩여시를 보면, 나는 남편에게 고맙다.

공부를 무사히 끝내고 돌아온 후, 나는 이 책을 통해 우리 가족을, 그리고 남편과 지내 온 세월을 잠시나마 돌아보게 되었다. 나는 불가리아에 가기 전에도, 그곳에서도 가족의 의미를 깊게 생각해 본 적이 없다. 좋은 날에도, 힘든 날에도 늘 함께 해 준 가족을 당연하다고만 생각해 왔기 때문이다. 그러나 가족은 나였다. 내 직업이, 학벌이 나를 말해 주진 않는다. 가족의 모습으로 나 자신을 가장 투명하게 들여다볼 수 있기 때문이다. 가족이 행복하면 나 스스로가 행복하고 자신감이 생기고, 가족이 불행하면 나 역시 불행하고 내 겉모습과는 상관없이 자신감이 없어진다.

뒤돌아보니 남편과 나는 닮은 점보다 다른 점이 훨씬 많은 부부였다. 그래서 나는 내 것에, 남편은 남편의 것에 서로 동요 되기를 고집하며 살아온 날들이 더 많았는지 모른다. 하지만 남편은 내 꿈을 잊지 않았고, 먼 불가리아에서 나와 함께했고 나는 내 꿈을 이루었다.

이제는 가장 편하고 따뜻한 옷처럼 되어버린 내 남편 재욱이. 남편은 말로 표현할 줄을 잘 모른다. 그 이유를 물었을 때, 너무도 가난하게 살아온 배경 때문이라고 대답한 적이 있다. 철없던 그때는 그 말이 이해되질 않았다. 그러나 나이를 먹고 남편의 살아온 세월을 이해하게 되면서, 그 어떠한 말보다 언제나 나와 함께하는 남편의 감정들이, 나는 고맙다.

다뉴브 강가에 사는
아버지와 딸

큰언니의 밥상

서울에 있는 가족들이 늘 그리웠던 나에게, 큰언니는 가족의 따뜻함을 느끼게 해 준 사람이었다. 언니는 그곳 불가리아에 파견 나온 현대 중공업 가족이었다.

학교 뒤, 큰길을 따라 두 정거장을 촘촘히 걸어가면 이스톡이라 이름 붙여진 번화한 정류장이 나온다. 그곳에서 한국 대사관 쪽으로 걸어가다 보면 불가리아에서는 보기 드문 높은 아파트가 눈에 걸린다. 그 곳에 큰언니가 살았다. 나는 큰언니 집을 갈 때면, 우리 학교 친구들이 다니던 학교 뒷길을 따라 종종 걸어 그 번화한 정류장을 지나 언니에게로 갔다.

언니는 출출한 점심시간이나 저녁시간 때에 자주 불러 밥을 차려 주었다. 사람들을 초대하고 밥을 차려 주는 것이 쉬운 일이 아니라는 것을 나는 안다. 마음이 있어야 하고 부지런함이 있어야 한다. 그것이 주부라는 동질감 때문이라도 나는 언니의 수고를 잘 알고 있다.

큰언니의 집 밥에는 어머니가 가족들을 생각하며 갓 지어 낸 푸근한 밥 냄새가 났다. 그때를 돌이켜 보면, 나는 배가 고팠던 것보다 마음이 고팠던 것 같다. 엄마의 밥상이 그리웠고, 시집가 살아도 언제든 보고 싶으면 달려가서 볼 수 있었던 할머니의 품도 그리웠다.

나는 언니가 놀랄 정도로 밥공기 가득 넘쳐나는 밥을 뚝딱 먹어치웠다. 언니는 놀이동산의 놀이기구처럼 재미나는 경상도 사투리로 "반찬도 묵으라!" 그 말이 떨어지기가 무섭게 내 밥공기 위로 반찬들이 차곡차곡 쌓아 올려졌다. 한국에 돌아온 후에도, 큰언니는 밥그릇 위로 봉긋하게 넘쳐 날 정도로 밥을 퍼주었다. 그리고 여러 가지 반찬들이 내 밥그릇 위로 또 쉼 없이 올려졌다.

큰언니에게는 세 자녀가 있다. 그들은 언니의 품에서 따뜻하게 잘 자랐다. 언니가 늘 자랑하는 말이 있다면, 아이들에게 열심히 집 밥을 해주었다는 것이다.

나는 한국으로 돌아온 후, 나의 어린 콩여시에게 열심히 밥을 해 준다. 그리고 내 딸 콩여시가 점점 자라면서 그 일이 얼마나 중요한 일인지 생각해 본다. 엄마의 뚝딱거리는 도마 소리를 듣고, 밥이 익어 가는 소리를 듣고 콩여시가 정 많고 따뜻한 아이로 자란다면, 그보다 좋은 일이 또 있을까 싶다. 내가 어린 시절 듣고 자랐던 그 소리를, 그 먼 불가리아에서 큰언니는 내게 들려주었다. 따뜻한 불빛이 내려앉은 큰언니의 밥상은 우리 엄마와 할머니가 차려 주시던 밥상처럼 든든했다. 언니는 평범한 주부지만 정을 나눠 줄 줄 아는 사람이었다. 언니의 손을 타면 장신용 소품도, 발끝에 차이는 작은 돌멩이도 의미가 있고 생명이 있는 듯 느껴졌다.

언니의 거실장 속에는 작은 소품들과 인형들이 가득했다.

아마도 그것들이 다른 이들에게 선택되었다면, 그저 하나의 장식품이나 기념품으로 대충 전시되는 운명을 가졌을 거라고 생각해 본다. 그곳에 있는 그들은 뭔가 특별한 대접을 받고 있는 듯 보였다. '작은 것에도 숨을 나눠 줄 수 있는 사람' 언니는 그런 사람이었다. 사람에게도, 물건에게도 언니와 연결된 그들 속에서 온기가 느껴졌고, 정이 느껴졌다. 언니의 그런 능력은 사소해 보일 수도 있지만, 아무에게나 있는 것은 아니다. 그래서 나는 따뜻한 언니가 좋았다.

내가 언니를 생각하는 것에 비해, 우리가 쌓아 온 인연의 시간들은 그리 길지 않다. 그러나 언니를 만나고 알아가게 되었을 때, 시간의 길이는 그리 중요하지 않다는 것을 나는 깨달았다.

박사 학위란 목표만을 향해 달려가던 그 시절, 나는 큰언니의 옆모습을 보며, 힘들었던 순간들을 이겨냈는지 모른다.

가족은 나였다.

집 으 로

박사가 되다

2007년 4월, 서울은 새 학기가 시작된 후였다. 콩여시의 초등학교 입학 문제로 나는 서울로 급하게 돌아와야만 했다. 최종적으로 논문이 통과된 후, 학위증이 나오기만을 무작정 기다릴 수는 없었다. 그렇지 않으면 그곳 사람들의 여유로운 습관에 묶여 입학 전의 일처럼 한 학기를 무작정 기다려야 할지도 모르는 일이었다. 다행히도 기다리던 학위증이 일찍 나왔고, 나는 불가리아 최고 인증위원회(BAK)로부터 학위증을 미리 받게 되었다. 하얀 종이 위에 내 이름과 'PhD'라는 학위 명칭이 선명하게 눈에 들어왔다. 2007년, 나는 그렇게 원하던 박사 학위를 받았다. 5년간의 노력과 가족들의 희생이 담긴 결과였다. 그러나 나는 시간에 쫓기듯, 공증 사무실에 학위증을 맡기고 서울로 돌아와야만 했다.

내가 받았던 학위 과정은 미국식과는 다르다. 박사과정의 수업 시스템은 한 학기 동안 주어진 시수 안에서 듣고 싶은 과목을 선택하여 수강할 뿐이다. 그러나 수업에 대한 결과물인 학점은 없으며, 오직 논문 시험과 독주회, 그리고 언어 시험을 통과하는 과정만 있을 뿐이다. 그러한 방식은 옛 유럽이나 공산국가에서 사용하던 방식이라고 한다.

논문 시험은 4단계를 거쳤다. 첫 번째로, 목관부 교수님들의 심사를 받았고 그 다음 단계에서는 모든 전공 교수님들 중, 선택된 분들에 의한 심사가 이루어졌다. 학교에서의 심사가 통과되면 다시 불가리아 교육부 소속 기관으로 넘어가 각기 다른 전공 분야의 교수님들에 의한 비공개 심사가 이루어졌다. 최종적으로 불가리아에 있는 여러 학교의 교수님들과 다양한 분야의 전문가들이 모인 자리에서 논문 발표를 했다. 그 마지막 관문에서 나는 심사위원 중 한 명의 기권 표를 빼고 모두에게 찬성표를 받아 2007년 2월에 논문 시험이 통과되었다.

모든 과정이 통과하기까지 도움을 주신 많은 선생님들이 계신다. 그 중에서 두 분의 선생님 이야기를 하지 않을 수 없다.

도브레바 선생님은 우리 학교에서 외국 학생들을 가르치시던 불가리아어 담당 선생님이었다. 클라리넷 전문용어와 특수 주법의 실행 단계를 알맞은 불가리아어, 특히 논문 용어들을 찾고 연구 과정의 이해를 돕는 문장으로 완성하는 일은 꽤나 힘든 작업이었다. 선생님은 그런 부분에서 많은 도움을 주셨다. 나는 수업 시간 외에도 선생님을 자주 찾아가거나 전화로 이것저것을 물으며 귀찮게 해드린 적이 많았다. 그러나 단 한 번이라도 선생님은 시간이 없다거나 성의 없이 답을 주신 적이 없다.

클라리넷의 전문용어와 현대기법에 대한 새로운 용어들은 클라리넷을 전공하는 학생들조차 잘 알지 못하는 특수한 경우가 대부분이었다. 나는 영어로 다시 불가리아어로 알맞은 용어들을 찾아내야 했고, 때로는 내가 만든 주법에 대해 적절한 새

용어를 탄생시켜야 했다. 그런 특수한 상황에서 도브레바 선생님은 음악 용어의 이해를 구하기 위해 도서관이며 음악과 교수님들께 자문을 구하기도 하셨다고 한다. 선생님의 그런 도움이 없었다면 내 머릿속의 연구들이 논리적인 문장으로 탄생되었을까 싶다.

나는 논문 연구에 있어 클라리넷의 현대기법들을 직접 연주할 줄 알아야 했다. 그래서 뻬뜨꼬 선생님은 클라리넷 현대음악을 전문적으로 연주하시는 로쎈 선생님을 소개해 주셨다. 선생님 또한 내 연구를 위해 많은 시간을 내어 주셨고, 클라리넷의 현대기법에 대해 많은 이야기를 해 주셨다. 그 덕분에 잘 풀리지 않았던 부분들을 해결할 수 있었다.

음악은 늘 외로운 싸움처럼 보일지도 모른다. 혼자 연습하고 생각하고… 그러나 음악을 하는 개개인의 안에 무엇을 담고 있느냐에 따라 진정한 앙상블이 탄생될 수 있다. 음악은 독립적인 학문도 예술도 아니다. 내가 그곳에서 공부하면서 더 절실하게 깨달은 것이 있다면 바로 그 부분이다. 그것은 흡사 사람이 살아가는 모습과도 닮았다. 자연과 사람들, 내 주변의 것들과 어우러져 살아가는 것처럼 말이다. 그러나 음악도, 내가 살아가는 것도 분명 내가 무엇을 느끼고자 하는지에 따라 변화될 수 있다. 그곳 불가리아에서 보냈던 시간들이 그것을 말해 준다.

2002년 6월에 한국을 떠나 그곳 불가리아로 갔다. 입학 전, 소피아에서 있었던 크고 작은 연주회를 통해 실기를 인정받았고, 클라리넷 특수주법에 관한 연구 계획 요약문이 통과되어, 2004년에 정식학생으로 박사 과정에 들어가게 되었다. 그리고 2007년에 모든 과정을 마치고 나는 집으로, 돌아왔다.

휴식

　이 책은 미리 세워 놓은 계획에 의해 쓰인 책이 아니다. 내가 불가리아에서 공부를 마치고 이곳으로 돌아온 직후에도 나는 이 책을 쓰리라고 생각해 본 적이 없다. 그것은 내 자신이 글 쓰는 데는 한 줌의 재능도 없다는 것을 잘 알기 때문이다. 그러나 우리 할머니는 유학 생활에서 있었던 일들을 꼭 책으로 쓰라는 말씀을 남기시고, 내가 이곳으로 돌아온 이듬해에 먼 하늘나라로 떠나셨다. 나는 그 뜻을 받아 용기를 갖고 이 책을 시작하게 되었지만, 오랜 시간을 돌아 이제야 끝맺음을 할 수 있게 되었다.

　불가리아에서 나는 연주로, 논문으로 과할 만큼 실력을 인정받았고, 그것이 곧 자신감으로 이어지게 되었다. 그러나 이곳으로 돌아온 후, 대학에서 아이들을 가르치고 싶은 나의 목표는 쉽게 이루어지지 않았다. 나는 내 실력을 인정받기도 전에, 늘 교수임용시험에서 그것도 매번 서류심사에서 탈락하고 말 았다. 몇 년 간을 그렇게 서류와 씨름하다 나는 결국 심한 좌 절감을 맛보게 되었다. 그리고 순수 노력만으로 안 되는 일이 있다는 것을, 인정하는 데 많은 시간이 걸렸다.

이 책을 써 내려가기 시작했을 때도, 나는 할머니의 깊은 뜻을 알지 못했다. 그러나 이 책을 통해 나와 연결되었던 사람 들과 자연, 그리고 모든 과정들 속에서 기억되었던 나의 어린 시절과 우리 가족을 만나게 되었다. 그 안에 잊고 싶었던 순간 도, 놓치고 싶지 않은 순간들도 나와 함께 자랐고 성장했다. 그 러한 것들이 때로는 공기처럼 편해서 잊어버릴 때가 있다. 이 책을 쓰지 않았더라면 내 안에 차곡차곡 쌓여 있던 작지만 소 중한 나의 유산들을 무시할 뻔 했다.

지난 일들을 생각해 보면 우리 할머니는 살아가면서 중심 을 잃지 않게 나를 잘 잡아 주셨고, 이 책을 통해 내 인생에서 소중한 것이 무엇인지 일깨워 주려 하셨던 것 같다.

누군가를 가르치지 않아도 그저 바라보는 것만으로도 지혜 를 주는 이가 옆에 있다면, 그것은 이 세상에 태어나 가장 큰 축복을 받는 일이다. 우리 할머니는 나에게 그런 분이셨다. 할 머니는 멀리 떠나시고 이제는 내 곁에 안 계시지만, 내 정신에 살아 계신다. 내 마음을 알아주시고 인정해 주신 유일한 분, 할머니. 할머니가 내게 주신 자존감은 내가 넘어지면 다시 일어설 수 있는 용기가 되었다. 할머니의 양심, 따뜻한 심성, 사랑… 그런 모든 것들이 내 삶의 바탕이다.

이 책이 기술적으로 엉성할 수도 있다. 그러나 나는 내 마음으로 보고, 듣고, 느낀 것들을 그대로 담으려 노력했다. 끝으로 늘 나를 믿고 응원해 준 나의 가족들과 선생님, 그리고 선한 내 친구들을 이 책의 끝머리에 담아 고마움을 전한다.

나의 사람들

우리 할머니 (명문)

우리 부모님 (노대감과 박여사)

내 남편 (재욱이)

내 딸 (콩여시)

내 동생 가족 (정한이와 미라 그리고 콩준이)

울 언니 (영미)

큰언니 (오미야)

선생님들 (빼뜨꼬, 게오르기타, 도브레바, 로센, 김현곤)

내 친구들과 동기들 (특별히 제니, 인용, 연철, 효진)

동이 터오는
새벽하늘